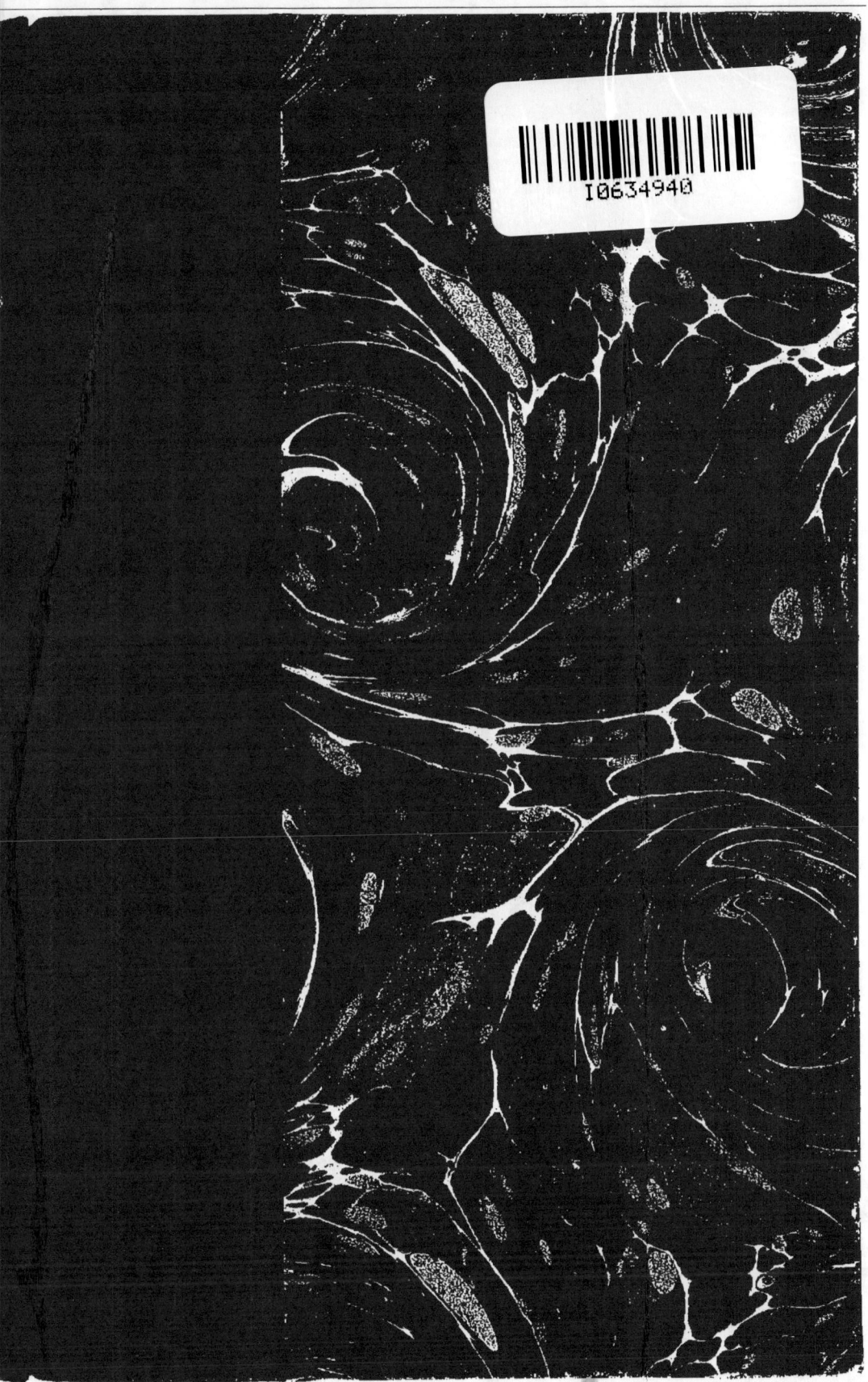

I0634940

MAURICE BARRÈS

Sous l'œil

des Barbares

PARIS

ALPHONSE LEMERRE, ÉDITEUR

27-31, PASSAGE CHOISEUL, 27-31

M DCCC LXXXVIII

Mon [...]

[...] je suis gêné de [...] faire [...] qu'il est [...] [...] grâce [...]. Mais je vous prie de [...] souvenir de mes premières années de [...] votre amitié auraient été [...] [...] Versailles,

Sous l'œil des barbares

Maurice Barrès

Rés. p. Y² .
997.

Tous droits réservés.

MAURICE BARRÈS

Sous l'œil

des Barbares

PARIS

ALPHONSE LEMERRE, ÉDITEUR

27-31 PASSAGE CHOISEUL, 27-31

M DCCC LXXXVIII

BIBLIOTHÈQUE NATIONALE
FONDS
A. FRANCE

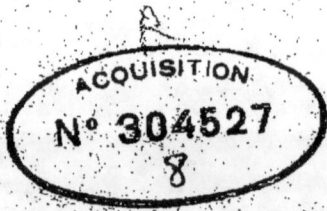

ACQUISITION
N° 304527
8

Voici une courte monographie réaliste.

La réalité varie avec chacun de nous puisqu'elle est l'ensemble de nos habitudes de voir, de sentir et de raisonner. Je décris un être jeune et sensible dont la vision de l'univers se transforme fréquemment et qui garde une mémoire fort nette de six ou sept réalités différentes. Tout en soignant la liaison des idées

et l'agrément du vocabulaire, je me suis surtout
appliqué à copier exactement les tableaux de
l'univers que je retrouvais superposés dans une
conscience. C'est ici l'histoire des années d'apprentissage d'un moi, âme ou esprit.

Un soir de sécheresse, dont j'ai décrit le
malaise à la page 191, celui de qui je parle
imagina de se plaire parmi ses rêves et ses casuis-
tiques, parmi tous ces systèmes qu'il avait suc-
cessivement vêtus et rejetés. Il procéda avec
méthode, et de frissons en frissons il se retrouva:
depuis l'éveil de sa pensée, là-bas dans un de
ces lits de dortoir, où pressé par les misères pré-
sentes, trop soumis à ses premières lectures, il
essayait déjà d'individualiser son humeur indo-

cile et hautaine, — jusqu'à cette fièvre de se connaître qui veut ici laisser sa trace.

Dans ce roman de la vie intérieure, la suite des jours avec leur pittoresque et leurs ana ne devait rien laisser qui ne fût transformé en rêve ou émotion, car tout y est annoncé d'une conscience qui se souvient et dans laquelle rien ne demeure qui ne se greffe sur le moi pour en devenir une parcelle vivante. C'est aux manuels spéciaux de raconter où jette sa gourme un jeune homme, sa bibliothèque, son installation à Paris, son entrée aux affaires étrangères et toute son intrigue. Je me borne à mettre en valeur les modifications qu'a subies de ces passes banales une âme infiniment sensible. Celui de qui je décris les apprentissages évoquerait peut-être dans une causerie des visages, des anecdotes de jadis : il les inventerait à mesure. Certaines

sensibilités toujours en émoi vibrent si violemment que la poussière extérieure glisse sur elles
sans les pénétrer.

J'ai repoussé ce badinage, que par fausse
honte ou pour qu'on admire l'apaisement de
notre maturité, nous affectons souvent au sujet
de « nos illusions de jeunesse ; » mais je me
défiai aussi de prêter l'âcreté, où il atteignit sur
la fin, à ma description de ses premières années,
si belles de confiance, de tendresse et d'héroïsme
sentimental.

Chaque vision qu'il eut de l'univers, avec les
images intermédiaires et son atmosphère, se résu-
mant en un épisode caractéristique ;

les scènes premières, vagues et un peu
abstraites pour respecter l'effacement du souvenir et parce qu'elles sont d'une minorité défiante
et qui poussa tout au rêve ;

de petits traits choisis, plus abondants à mesure qu'on approche de l'instant où nous écrivons;

enfin dans un soirée minutieuse, cet analyste s'abandonnant à la bohême de son esprit et de son cœur:

Voilà ce qu'il aurait fallu pour que ce livre reproduisît exactement les cinq années d'apprentissage de ce jeune homme, telles qu'elles lui apparaissent à lui-même depuis cette page 191 et dernière où nous le surprenons exigeant et lassé qui contemple le tableau de sa vie.

Voilà ce que je projetais, le curieux livret métaphysique, précis et succinct, que j'aurais fait prendre en amitié par quelques dandies misanthropes, rêvant dans un jour d'hiver derrière des vitres grésillées.

Du moins ai-je décrit sans malice d'art, en bonne lumière et sobrement. Je me suis décidé à manquer d'éloquence littéraire ; je n'avais pas l'onction ni l'autorité des ecclésiastiques qui parlèrent en termes fortifiants des humiliations de la conscience. Annaliste d'une éducation, je fis le tour de mon sujet en poussant devant moi des mots amoraux et des phrases conciliantes. C'est ici une façon assez rare de catalogue sentimental.

Mais pourquoi si lents et si froids, les petits traits d'analyse ! pourquoi les mots, cette précision grossière et qui maltraite nos complications !

Au premier feuillet on voit une jeune femme autour d'un jeune homme. N'est-ce pas plutôt l'histoire d'une âme avec ses deux éléments, féminin et mâle? ou encore, à côté du moi qui se garde, veut se connaître et s'affirmer, la fantaisie, le goût du plaisir, le vagabondage, si vif chez un être jeune et sensible? Que ne peut-on y voir? Je sais seulement que mes troubles m'offrirent cette complexité où je ne trouvais alors rien d'obscur. Ce n'est pas ici une enquête logique sur la transformation de la sensibilité; je restitue sans retouche des visions ou émotions, profondément ressenties. Ainsi, dans le plus touchant des poèmes, dans la *Vita nuova*, la Béatrice est-elle une amoureuse, l'Église ou la Théologie? Dante qui ne cherchait point cette confusion y aboutit, parce qu'à des âmes, aux plus sensitives, le vocabulaire commun devient insuffisant. Il vivait dans une excitation nerveuse qu'il nommait, selon les heures, désir de savoir, désir d'aimer, désir sans nom — et qu'il rendit immortelle par des procédés heureux.

Avec sa sécheresse, cette monographie, écrite malgré tout à deux pas de l'*Éden* où je flânai tant de soirs, est aussi une partie d'*un livre de mémoire*.

On pourra juger que ma probité de copiste va parfois jusqu'à la candeur. J'avoue que de simples femmes, agréables et gaies, mais soumises à la vision coutumière de l'univers qu'elles relèvent d'une ironie facile, me firent plus d'un soir renier à part moi mes poupées de derrière la tête. Mais quoi! de la fatigue, une déception, de la musique, et je revenais à mes nuances.

Saint Bonaventure, avec un grand sens littéraire, écrit qu'il faut lire en aimant. Ceux qui feuillètent ce bréviaire d'égotisme y trouveront moins à railler la sensibilité de l'auteur s'ils veulent bien réfléchir sur eux-mêmes. Car chacun de nous, quel qu'il soit, se fait sa légende. Nous servons notre âme comme notre idole; les idées assimilées, les hommes pénétrés, toutes nos expériences nous servent à l'embellir et à nous tromper. C'est en écoutant les légendes des autres que nous commençons à limiter notre âme; nous soupçonnons qu'elle n'occupe pas la place que nous croyons dans l'univers.

Dans ses pires surexcitations, celui que je peins gardait quelque lueur de ne s'émouvoir que d'une fiction. Hors cette fiction, trop souvent sans douceur, rien ne lui était. Ainsi le voulut une sensibilité très jeune unie à une intelligence assez mûre.

Désireux de respecter cette tenue en partie double de son imagination, j'ai rédigé des *concordances* où je marque la clairvoyance qu'il conservait sur soi-même dans ses troubles les plus indociles. J'y ai joint les besognes que, pendant

1.

ses crises sentimentales, il menait dans le monde extérieur. Je souhaite avoir complété ainsi l'atmosphère où ce moi se développait sans s'apaiser et qu'on ne trouve pas de lacunes entre ces diverses heures vraiment siennes, heures du soir le plus souvent, où, après des semaines de vision banale, soudain réveillé à la vie personnelle par quelque froissement, il ramassait la chaîne de ses émotions et disait à son passé, renié parfois aux instants gais et de bonne santé : « Petit garçon, si timide, tu n'avais pas tort. »

LIVRE I

AVEC SES LIVRES

A Stanislas de Guaita.

CHAPITRE PREMIER

CONCORDANCE

IL fut initié au rudiment par M. F., le professeur le plus fort qu'on pût voir : d'une seule main ce pédagogue arrachait l'oreille d'un élève qui de plus en devenait ridicule.

Comme son tour d'esprit portait notre sujet à généraliser, il commença dès lors à ne penser des hommes rien de bon.

Étant mal nourri, par manque de globules sanguins il devint timide, et son agitatation faite d'orgueil et de malaise déplut.

Bientôt, pour relever ses humiliations quotidiennes, il eut des lectures qui lui donnèrent sur les choses des certitudes hâtives et pleines d'âcreté.

Le roi Rhamsès II est blâmé par les conservateurs du Louvre, ayant usurpé un sphinx sur ses prédécesseurs. Celui-ci de même inscrivit son nom sur des troupes de sphinx qui légitimement appartenaient à des littérateurs français. Il s'enorgueillit d'étranges douleurs qu'il n'avait pas inventées. Il avait alors dix-huit ans.

DÉPART INQUIET

Il rencontra le bonhomme système
sur la bourrique pessimisme.

L E jeune homme et la toute jeune femme dont l'heureuse parure et les charmes embaument cette aurore fleurie, la main dans la main s'acheminent et le soleil les conduit.

— Prenez garde, ami, n'êtes-vous pas sur le point de vous ennuyer ?

Sur ses lèvres, son âme exquise souriait au jeune homme, et les jonquilles s'inclinaient à son souffle léger.

— N'espérons plus, dit-il avec lassitude, que ma pâleur soit la caresse livide du petit jour; je me trouble de ce départ. Jadis, en d'autres poitrines, mon cœur épuisa cette énergie dont le suprême parfum, qui m'enfièvre vers des buts inconnus, s'évaporera dans la brume de ces sentiers incertains.

De ses doigts blancs, sur la tige verte d'un nénuphar, la jeune fille saisit une libellule dont l'émail vibre, et, jetant vers le soleil l'insecte qui miroite et se brise de caprice en caprice, ingénument elle souriait. — Mais lui contemple sa pensée qui frissonne en son âme chagrine. — Elle reprit avec honnêteté :

— Pourquoi vous isoler de l'univers ? Les nuages, les fleurs sous la rosée et parfois mes chansons, ne voulez-vous pas connaître leur douceur ?

— Ah ! près des maîtres qui concentrent la sagesse des derniers soirs, que ne puis-je apprendre la certitude ! Et que mon rêve matinal possède ce qu'il soupire !

— Qu'importe, reprit-elle, plus tendre et se

penchant sur lui, votre sagesse n'est-elle pas en vous? Et si je vous suis affectionnée tel que vous m'apparaissez, ne vous plaît-il pas de persister?

Il décroisa les mains de la jeune fille, et foulant aux pieds les fleurs heureuses, il errait parmi la frivolité des libellules.

Cependant elle le suivait de loin, délicate et de hanches merveilleuses.

Sur l'herbe, au long d'une rivière jonchée de palmes, de palmipèdes et d'enfants troussés et vifs, près de sa maison solitaire où fraîchit la brise dans les stores, le maître, adossé à un osier mort, contemple la fuite de l'eau sous la tristesse des saules. Son lourd vêtement, sa face blême aux larges paupières, son attitude professorale et retranchée, en aucun lieu ne trouveraient leur atmosphère.

Le jeune homme s'arrête, et son cœur battait d'approcher la vérité.

Le miroir bleuâtre frissonna du plongeon des canards huppés de vert, aux becs jaunes et claquant; parmi la lumière éclatante jaillissait le rhythme lourd des lavandières. Lentement et sans découvrir ses yeux, le maître lui parla :

— Contempler distrait de vivre. Chaque matin, je viens ici; deux cents mètres bornent mon activité. Combien d'esprits naissent au bout du chemin; et leur sentier était terminé qu'ils marchaient encore en lisière.

Les canards balancés, les gamins avec des gestes, cancanaient sur la grève.

— Monsieur, reprit-il avec solennité, des jeunes hommes pour l'ordinaire m'entourent, qui se font habiller à Londres par des tailleurs dont ils parlent la langue. Ils suivent mes promenades où me porte un ânon qui m'économise une perte de chaleur préjudiciable à l'activité cérébrale. Voulez-vous m'accompagner aujourd'hui ?

Parmi les fleurs, au pâturage, une bourrique sellée se leva, et cependant que de ses longs yeux, doucement voilés de cils, elle inspectait le jeune homme ému, sa plainte serpentait vers les cieux. « Une belle ânesse d'outre-Rhin, et, pour son moral, je vous le garantis. » C'est en ces termes qu'un vétérinaire lui proposa cette acquisition. Un moral garanti ! Jadis on dut beaucoup te battre. Que ne peux-tu entendre le

maître, tandis qu'il détaille tes qualités et ton
humour, juché sur ton dos et te caressant le
gras du col, toi si modeste sous ta selle neuve,
le poil aimable, les oreilles droites et circon-
spectes ! Des gens courbés sur leurs champs se
redressent ; ils abritent leurs yeux de la main, et
les plus ordinaires ricanent. Cependant le maître
murmure :

— « Tout est là ; répandre les fleurs préférées
sous les quarante ans de vie moyenne qu'à notre
majorité nous entreprîmes. Satisfaisons nos
appétits, de quelque nom que les glorifie ou les
invective le vulgaire. Je vous le dirai en confi-
dence, mon ami, je n'aime plus guère à cette
heure que les viandes grillées un peu cuites et
les déclamations un peu courtes. Heureux le
monde, s'il ne savait de passions plus envahis-
santes ! Un homme d'esprit se fait toujours
quelque satisfaction, fût-ce à être très malheu-
reux. La réflexion est une bonne gymnastique,
de celles qui lassent le plus tard. Tâter le pouls
à nos émotions, c'est un digne et suffisant emploi de la vie ; du moins, faut-il que rien de

l'extérieur ne vienne troubler cet apaisement :

Ayez de l'argent et soyez considéré. »

La chaleur frémissait monotone dans le ciel
bleu ; par la prairie rousse le jeune homme au
cœur bondissant voyait à la parole de son maître
vaciller l'horizon connu ; et des fleurs que lui
donna la jeune fille, il chassait les mouches
avides de cette frissonnante bourrique.

Vous fûtes sage, bourrique, à cette heure.
Un fossé vous présentait son herbe drue et son
eau éclatante que fendillent les genêts. Vous
arrêtâtes leurs discours et votre marche ; vous
saviez les habitudes, la halte ombreuse, le pain
tiré de la poche et qu'on se partage. Des paroles
même excellentes ne troublaient point votre
judiciaire, et les yeux discrètement fermés, avec
la longue figure d'un contemplateur qui dédaigne jusqu'aux méditations, vous demeuriez
entre eux deux, remâchant votre goûter, et vos
longues oreilles d'argent dressées comme une
symbolique bannière par-dessus leurs têtes in-

quiètes, cependant que votre maître et le mien
reprenait son enseignement :

« Je n'insisterai pas sur ces menus principes
d'une enfantine simplicité et très vieux. Vous
voilà installé dans l'argent et la considération ;
vous estimez honteux et le trait d'un barbare de
brider votre naturel, hormis parfois par raffine-
ment ; vous assouvissez vos appétits, vos vices
et vos vertus les plus exaspérées, et le dernier
de vos caprices se détache de son objet comme
la sangsue des chairs qui la gorgent et qui la
tuent ; alors, si vous ne gisez point dans la voiture des ramollis ou le cabanon des fous, alors,
mon excellent ami, comme s'exhale des roses
un parfum, un suffisant dégoût des hommes et
des femmes en vous se lèvera.

« Des hommes d'abord, car près d'eux votre
expérience s'instruisit de plus loin : vous eûtes
leur sottise pour compagne, alors que vous gran-
dissiez sous la brutalité des camarades et l'imbé-
cillité des maîtres ; vous méprisâtes de suite la

grossièreté de leur fantaisie et la lourdeur de leurs ébats; vous répugniez à leurs plaisirs et au serrement de leurs mains gluantes; mais le hasard élut quelques-uns vos amis. — Hélas! outre qu'un si bel ouvrage, chacun tirant à soi, se déchire toujours par quelque endroit, dans une vie amie que puiser, sinon les petitesses et les tracas qui dominent au fond de tous? Certes, il est quelque agrément à consoler et confesser autrui : à s'épancher après que l'on a bu. Mais pour ces fins régals d'analyste, faut-il tant d'appareil! Et le premier venu, cette bourrique, ne seraient-ils pas de suffisants prétextes à déguster l'expansion, cette tisane du noctambule?

« Ce qui est doux, mystérieux et regrettable dans l'appétit d'amitié, c'est les premiers moments qu'elle s'éveille, alors que les parties se connaissent peu et se prisent fort, qu'elles sont encore polies et ne se piquent point de franchise. — Toutefois, considérez ceci : deux chiens se rencontrent; ils s'abordent, se félicitent, s'inspectent, et, quand ils odorent à leur gré, les jeux commencent : aimables indécences, manger

qu'on partage et qu'on se vole, toutes les ému-
lations; puis, lassés, ils s'éloignent vers leurs
chenils ou des liaisons nouvelles. Je comprends
que parmi les hommes la société est un peu
mêlée pour ce mode de vivre; toutefois, avec
du tact et quelque judiciaire, un galant homme
saura tirer profit, je pense, de cette facile obser-
vation.

« Mais que sert de raisonner, monsieur! Les
fades sensibilités qui soupirent depuis des siècles
au fond des consciences humaines, ne se lassent
pas sous les arguments que nous leur jetons
comme des pierres aux grenouilles crépuscu-
laires coassant dans la campagne. A l'heure où
la lune s'allume, où les bêtes féroces jadis
assaillaient nos lointains aïeux, où naguère s'em-
buscadaient nos pères paraphant des alliances
dans la chair des assassinés, à cette heure étoilée
qui frissonne du gémissement des fiévreux et du
perpétuel soupir des amantes, une langueur nous
pénètre, un effroi de la solitude, une élévation
mystique et des désirs assez vifs, — et s'avance
pour triompher la femme.

« Celle-là nous tient plus longtemps que l'homme. Moins franchement personnelle, plus reposante, elle satisfait mieux notre égotisme. Et puis, très jeunes parlent les sens. Cela ne dure guère. Les sports, quels qu'ils soient, ne proposent aux intellectuels que l'occupation d'une heure oisive, qu'un spécifique aux bâillements et aux nourritures échauffantes. Mais la reposante bêtise, l'esprit tout extérieur (la finesse d'un sourire attirant, la douceur d'une voix inutile et qui caresse, l'alanguissement souple et tiède d'un corps qui se confie), c'est ce qu'ignore le jeune mâle et que ne peut oublier l'honnête homme affiné et fatigué.

« Hélas ! quand il atteint cette maturité de savoir choisir ses baisers, elles sont parties les petites jeunes et fraîches, dont le caprice est délicieux, car, à la naïveté et à toute la virginité de cœur des amours pures, elles joignent des sciences et des coquetteries dont la complaisance enchante l'homme sain, le sage. Roses écloses du matin (préférables au bouton orgueilleux et

intact, comme à la fleur parfumée d'essence, sou-
tenue d'acier et malgré tout découragée), les
jeunes amantes ont de l'appétit, une âme amusante à fleur de peau, une pâleur qui leur
donne un caractère de passion; et leur corps est
frais. Étant gourmandes de sottises, elles s'at-
tachent à la jeunesse. Quelque méridional
bientôt les entraînera, ravies et bondissantes,
vers des locaux tumultueux. — Très vite l'homme
chauve se lassera des caprices changeants, à
cause des réveils trop froids et des soirées
déçues, à cause aussi de la cuisine d'amour à
jamais humiliante et pareille, à cause des nuques
percées de lance et des jambes qui cotonnent.
Nu d'amour et d'amitié, il s'enfoncera plus
avant dans la vie intellectuelle.

« Très sec, opulent et considéré, il connaît
alors la douceur de tendre son esprit vers la
froide science qui grise et de contracter
d'égoïstes jouissances son cœur et sa cervelle.
Heures exquises et rapides où, fort bien
installé, l'on rêve de Baruch, de Spinoza qui,

lassé de méditation, sourit aux araignées dévorant des mouches, et ne dédaigne pas d'aider à la nécessité de souffrir, — où l'on assiste Hypathie, la servante de Platon et d'Homère, très vieille et très pédante, — où l'on s'attendrit jusqu'aux pleurs et sur soi-même devant l'immortel trésor des bibliothèques.

« Peu à peu, jour sombre, on se l'avoue : tout est dit, redit : aucune idée qu'il ne soit honteux d'exprimer. En sorte que cette constatation même n'est qu'un lieu commun et cet enseignement une vieillerie surannée, et que rien ne vaut que par la forme du dire.

« Et cette forme, si belle que les plus parfaits des véritables dandies ont frissonné, jusqu'à la névrosthénie, de l'amour des phrases, cette forme qui consolerait de vivre, qui sait des alanguissements comme des caresses pour les douleurs, des chuchotements et des nostalgies pour les tendresses et des sursauts d'hosannah pour nos triomphes rares, cette beauté du verbe, plastique et idéale et dont il est délicieux de se tourmenter, — on l'explique, on la démonte; elle se fait d'épithètes, de cadences que les sots apprennent presque, dont ils jonglent et qu'ils avilissent; et tout cela écœure à la longue, comme une liqueur trop douce, comme la comédie d'amitié, comme encore les baisers que probablement vous désirez... »

(Une émotion ridicule tenait à la gorge le pauvre homme, et son compagnon connut l'orgueil d'être amér.)

Il se tut. La brume tombait avec sa fraîcheur. Ils se levèrent; et tirant rudement la bourrique qui sommeillait, il cria, son bras tendu vers l'inconnu :

« Qu'importe ! ceux-là ont souffert que je raconte, mais ils firent chanter à leur indépendance les chansons qu'ils préféraient; à toute heure ils pouvaient s'isoler dans leur orgueil ou dans le néant : leur vie fut telle qu'ils daignèrent. Et je ne crois pas qu'un homme raisonnable hésite jamais à mener les mêmes expériences. »

Dans l'ombre plus épaisse ils se hâtaient en silence. Lui flattait le garrot de la bourrique et même, s'étant penché, il l'embrassa. La bête approuvait de ses longues oreilles amicales et tous trois ils marchaient sous la lune apaisante.

La vieille domestique (admirable de bon sens, tout à fait dans la tradition), debout sur le chemin, guettait le retour de son maître; elle dit simplement : « Vous n'êtes guère raisonnables, messieurs, » mais l'inquiétude faisait trembler sa voix. Et peu après, ils l'entendirent injurier la bourrique : « Bête d'Allemagne, sac à tristesse » et des jurons, je crois. Le maître s'interrompit pour sourire, il haussa légèrement les épaules, en levant le bras. Non, vraiment, vieille judicieuse, ces messieurs n'étaient guère raisonnables.

Et soulevant ses paupières, il regarda le jeune homme qui s'était laissé glisser à terre. Peut-être tant de lassitude l'effraya; peut-être dans ces yeux vit-il l'aube des jours nouveaux! il lui

2.

frappa l'épaule à petits coups : « Qui sait ! —
cela du moins nous fit passer une journée. —
D'ailleurs nos idées influent-elles sur nos actes ?
— Et quand nous savons si peu connaître nos
actes, pouvons-nous apprécier nos idées ? —
Attachons-nous à l'unique réalité, au *Moi*. —
Et *moi*, alors que j'aurais tort et qu'il serait quelqu'un capable de guérir tous mes mépris, pourquoi l'accueillerai-je ? J'en sais qui aiment leurs
tortures et leur deuil, qui n'ont que faire des cha-
rités de leurs frères et de la paix des religions ;
leur orgueil se réjouit de reconnaître un monde
sans couleurs, sans parfums, sans formes dans
les idoles du vulgaire, de repousser comme
vaines toutes les dilections qui séduisent les
enthousiastes et les faibles ; car ils ont la magnificence de leur âme, ce vaste charnier de l'univers. »

C'était une belle attitude, dans le couchant
du premier jour de cet adolescent, qu'un homme
chauve et très renseigné, d'une voix grandie, lui
attestant par la poussière des traditions la
détresse d'être, et reniant le passé et l'avenir et

la Chimère elle-même, à cause de ses ailes décevantes. — Le jeune homme entrevit les luttes, les hauts et les bas qui vacillent, le troupeau des inconséquences; une grande fatigue l'affaissait au départ, devant la prairie des foules. Et son âme demeura parmi tant de débris, solitaire au fossé de son premier chemin.

Quand la jeune fille lui apparut-elle? Dans
sa chevelure fleurissait toute une claire journée
de prairie; la tendresse de la lune nimbait l'éclat
de ses charmes; ses paroles sonnaient comme
une eau fraîche sur un front brûlant.

— Pourquoi daignez-vous, mon ami, ternir
vos yeux des idées qui planent et qui s'en vont?
Nous autres dames, nous allons plus vite et
plus loin que vous; où vous raisonnez nous
pénétrons d'un trait de notre cœur, nous pen-
sons si fin que des nuances familières à nos âmes
échappent à vos formules, peut-être même à
nos soupirs.

— Ah! dit-il, l'interrompant et le cœur ému,
est-ce que vous existez donc, vous, mon amie!
et il sanglotait sur le sable.

— Cela dépend, reprit l'enfant avec tranquil-

lité, mais tout d'abord, puisque vous avez péné-
tré les apparences et les convenances, courez les
oublier avec nous qui savons être ignorantes. Nous
respectons des voiles légers, qui n'entravent guère
nos caprices ; nous négligeons le triomphe ingénu
de supprimer des ombres. Que des âmes un
peu épaisses se débattent avec le reflet de leur
vulgarité ; vivons des enchantements qui n'existent pas. Viens nous enivrer parmi des fleurs
inconnues ; dans mes bras te sourient des songes.
Et s'il était vrai que toutes choses eussent perdu leur
réalité pour ta clairvoyance, garde-toi de renoncer ou d'instituer en ton rêve le mal et la laideur,
mais daigne désirer pour qu'elles naissent, les
choses belles et les choses bonnes.

— Quoi, dit-il, relevant son visage lassé,
aspirer à quelque but ! n'est-ce pas oublier la
sagesse ?

— Assez conté de bêtises, aujourd'hui ! fit-
elle ingénument et se pendant au cou du jeune
homme ; tu n'auras rien perdu si je t'apprends à
sourire. Pour tes désirs, mon cher enfant, nous
y veillerons plus tard, et puisqu'il faut absolu-

ment à ta faiblesse un maître, daigne te guider désormais sur mon inaltérable futilité.

Et la main dans la main, le jeune homme et la jeune femme s'acheminent vers l'horizon fuyant des montagnes bleues, sous un ciel sombre constellé de pétales de roses.

CHAPITRE DEUXIÈME

CONCORDANCE

PAR luxure assurément et par désir de paraître, il fit le geste de l'amour quelquefois ; autant que leurs sourires et son hygiène s'y prêtaient.

Ces personnes à défaut d'urbanité de cœur n'offraient pas même ces lenteurs de la politesse qui seules adoucissent les séparations.

Fréquemment donc il se chagrina.

Et les soirs suivants, jusqu'à l'aube, s'échauffant l'imagination, il ennoblissait son aventure de symbolismes vagues et pénétrants, en sorte qu'elle devint digne de son désir de se désoler et de la niaiserie inévitable de son âge.

TENDRESSE

Combien je l'aurais aimé si je ne savais
qu'il n'y a qu'un Dieu.

                      L'Aréopagite.

C'est un baiser sur un miroir.

Au soir, une douce tiédeur emplit l'air violet où se turent enfin les oiseaux; et parmi les saules, au bord des étangs, le jeune homme et la jeune femme s'illuminaient du soleil alangui sur l'horizon.

Elle avait de longs cils, des cheveux dénoués, des draperies flottantes et tous les charmes qui attirent les caresses. Et cependant que de sa

3

baguette, à coups légers, elle soulevait en perles
l'eau dormante, son fin visage à demi tourné
souriait au jeune homme. Et lui, couché parmi
les rares fleurs, il suivait avec nonchalance le
reflet de son image balancée sur les étangs.

Alors, sans crainte de froisser les petites
branches de lavande, elle s'agenouilla devant
lui et le baisa doucement au front pour mur-
murer :

— Est-ce moi, mon ami, ou sont-ce vos pensées que vous voulez accueillir à cette heure ?
Daignez comprendre ce qui me plaît parmi ces
saules. Voulez-vous donc que je rougisse ?

Mais elle s'interrompit de sourire, inquiète de
ce jeune homme si las, devinant peut-être qu'il
contemplait là-bas, plus loin que tout désir, le
temple de la Sagesse Éternelle vers qui les plus
nobles s'exaltent. Elle posa sa main délicate sur
les yeux du jeune homme.

— Ah ! dit-elle, ne sais-tu pas que je suis
faite pour qu'on m'aime ? Et pourquoi faut-il
donc que tu m'écartes, pourquoi te peiner de

mon sourire? J'ai toujours vu que les hommes
s'y complaisaient.

Mais lui, répondit à cette amoureuse, avec
une légère fatigue?

— Ne connais-tu pas aussi ceux-là qui dédaignent vos frissons et n'ont pas souci de vos
petites prunelles sous leurs paupières lourdes !

Et comme elle ne répondait point et qu'il
craignait toute tristesse, il leva les yeux de sa
vague image balancée sur l'eau, pour regarder
la jeune femme. Debout dans la lucidité de ce
soir or et rose, — un oiseau comme une flèche
dans le ciel entrait, — d'un geste pur, elle
entr'ouvrit son manteau et révéla son corps dont
la ligne était franche, la chair jeune et mate.
Sa nudité eût assailli tout autre ; ses fortes hanches de vierge exaltaient sur sa taille légère une
gorge fraîche et rougissante. Mais le jeune
homme se souleva pour atteindre les pans de la
draperie envolée dans la brise et l'ayant avec
grâce baisée, la ramena sur les charmes de la
jeune femme. Il souriait et il disait :

— J'aime les lentes tristesses, mon amie, passez-moi ce léger travers, comme je vous pardonne vos yeux, votre taille qui fléchirait et toutes ces grâces peut-être inoubliables. Je sais que la petite ligne du sourire des femmes trouble la pensée des sages et, pour nous, la nuance des nuages même. Dans vos prunelles mon image serait plus agitée qu'au miroir de ces étangs rafraîchis par la brise.

Elle se laissa glisser sur la grève et cachant contre lui son visage elle gémissait :

— Ah ! tu sais trop de choses avant les initiations. Je pense que tu écoutas ce qui monte du passé et les morts t'auront mangé le cœur. Veux-tu donc être ma sœur, toi qui pourrais me commander ? Mais peut-être t'inquiètes-tu par ignorance. Sache que mon corps est beau et que je défie toutes les femmes.

Et lui souriant de cette révolte ingénue :

— Les femmes, amie ! crains plutôt ce désir d'amour où je me pâme malgré mon âme. Sais-tu si nos baisers satisferaient cette agitation ? Veuille ne pas jouer ainsi de mon repos ; prends garde que ton haleine n'éveille mon cœur que nous ignorons. Mais vois donc que je suis las, las avant l'effort et que j'ai peur... Bercez, calmez mes caprices, amie, et souffrez que je ne m'échappe pas à moi-même.

Hélas ! cette musique plaintive mit une joie qui me gâte sa tendresse aux lèvres si fines et dans les cils très longs de la jeune fille. Son oreille contre la poitrine du jeune homme guettait les battements de ce cœur. Créature charmante pouvait-elle savoir que c'est au front que bat la vie chez les élus. Parce que le sein du jeune homme palpitait, elle bondit debout et, frappant ses mains, tandis que s'envolaient ses cheveux épars, elle éparpilla dans l'ombre son rire joyeux.

Ils atteignirent lentement au sommet de la
colline, sous un ciel de lune rougissant. Ce
profond paysage d'où affleuraient des branches
raides et la plainte monotone des campagnes
noyées dans la nuit, fut-il si enchanteur, ou leurs
âmes avaient-elles atteint ces équilibres furtifs
que parfois réalisent deux illusions entrelacées;
brûlaient-elles de cette ardeur intime qui vaporise
toute inquiétude? Qu'importe le mot de leur
fièvre dévorante! Parmi cette tendresse du soir,
sur les gazons onctueux, dans le silence péné-
trant et la fraîcheur féconde, la même allégresse,
en leurs poitrines allégées d'un même poids,
rhythmait leurs pensées et leur sang; et c'est ainsi
qu'étendus côte à côte, sans se mouvoir, sans
un soupir, yeux perdus dans la nuit d'argent
que toujours on regrettera sous la pluie dorée
de midi, ils ne furent plus qu'un frissonnement

du bonheur impersonnel. — Nuances des musiques très lointaines qui fondez les plus tenues
subtilités ! limites où notre vie qui va s'affaisser
déjà ne se connaît plus ! seules peut-être effleu-
rez-vous la douceur mystique de toutes ces choses oubliées.

Et lui, le premier, murmura : Ai-je raison de
me croire heureux ?

La jeune femme se souleva, ses seins peut-
être haletaient faiblement. Un rais de lune
caressait le jeune homme et deux fleurs fanées
se penchaient comme des yeux mi-clos sur son
visage. Elle n'avait jamais vu tant de noblesse
qu'en cette lassitude précoce ; à cette minute il
semble qu'elle se troubla de cette pâleur et de
ces lignes inquiètes. Absente, elle prononça
ce mot, si vulgaire : Que vous êtes joli, mon
amour !

Alors soudain il eut au cœur une fêlure légère,
la première fêlure d'amour, par où s'enfuit le
parfum de sa félicité. Et se relevant, il froissa
les deux fleurs.

— Ah ! combien je le prévoyais ! vous dai-

gnez goûter quelques formes où j'habite, et
jamais vous n'atteindrez à m'aimer moi-même,
car votre caprice peut-être ne soupçonne même
pas sous mes apparences mon âme. Ah! mon
incertaine beauté qui n'est qu'un reflet de votre
jeunesse! ma parole, ce masque que ne peut
rejeter ma pensée! mes incertitudes, où trébuche
mon élan! tous ces sentiers que je piétine! tout
ce vestiaire, c'est donc vers cela que tu soupirais,
pauvre âme?

Et une rougeur avivait son teint délicat. Pouvait-elle comprendre! Elle attira doucement la
tête du jeune homme sur son sein; elle posa sa
main un peu tiède sur les yeux de l'adolescent
et doucement elle le berçait; en sorte qu'il cessa
de se plaindre comme un enfant qui se réchauffe
et qui s'endort... Puis il entrevit peut-être ce
temple de la sagesse qui fait la nostalgie des
fronts les plus nobles sous les baisers... La jeune
femme ayant cueilli les fleurs qu'il avait bri-
sées, les plaça dans sa chevelure; et ces frêles
mortes faisaient la plus touchante parure qu'une
amoureuse eût jamais pour se faire aimer. Tel

était son charme et si pur l'ovale de sa figure
parmi ses cheveux déroulés et fleuris, si fine la
ligne de sa bouche, si subtile la caresse des cils
sur ses yeux, que le jeune homme ne sut plus
que penser à elle. Mais un malaise, un regret
informe de la solitude flottait en son âme tandis
qu'ils descendirent vers la vallée. Et comme il
était ému, il jugea bon de se révéler à son amie.

— « Mon âme, disait-il, ces légendes où notre
mémoire résume la vie des plus sages et des plus
passionnés, ce sentiment qui m'entraîne vers toi
et même l'inexprimable douceur de tes attitudes,
toutes ces délicatesses, les plus raffinées que nous
puissions connaître, ne sont que frivoles papil-
lons dont use l'Idée pour dépister les poursuites
vulgaires. Ma lassitude qui t'étonna se complaît
à sourire de ces furtives apparences et à tressaillir
du frôlement de l'Inconnu. J'aime aspirer vers
Celui que je ne connais pas. Il ne me tentera
plus le sourire fleuri des sentiers qui s'enfuient,
du jour qu'au travers du chemin mon désir aura
ramassé son objet. Et puisque mon plaisir est

3,

d'aimer uniquement l'irréel, ne puis-je dire, ô mon amie, que je possède l'immuable et l'absolu, moi qui réduisis tout mon être à l'espoir d'une chose qui jamais ne sera.

« Comprends donc mon effroi. Je ne crains pas que tu me domines : obéir, c'est encore la paix ; mais peut-être fausseras-tu, à me donner trop de bonheur, le délicat appareil de mon rêve ! Ta beauté est charmante et robuste, épargne mes contemplations. Que j'aie sur tes jeunes seins un tendre oreiller à mes lassitudes, un doux sentiment jamais défleuri, pareil à ces affections déjà anciennes qui sont plus indulgentes peut-être que le miel des débuts et dont la paisible fadeur est touchante comme ces deux fleurs fanées en tes cheveux. Et l'un près de l'autre, souriant à la tristesse et souriant de notre bonheur même, fugitifs parmi toutes ces choses fugitives, nous saurions nous complaire, sans vulgaire abandon ni raideur, à contempler la théorie des idées qui passent, froides et blanches et peut-être illusoires aussi, dans le ciel mort de nos désirs ; et parmi elles serait l'amour ; et si tu

veux, mon âme, nous aurons un culte plus spé-
cial et des formules familières pour évoquer les
illustres amours, celles de l'histoire et celles, plus
douces encore, qu'on imagine ; en sorte qu'aimant
l'un et l'autre les plus parfaits des impossibles
amants, nous croirons nous aimer nous-mêmes. »

La chevelure de la jeune femme soulevée par
la brise vint baiser la bouche du jeune homme,
et cette odeur continuait si harmonieusement sa
pensée qu'il se tut, impuissant à saisir ses propres
subtilités ; et seule la fraîcheur où soupiraient
les fleurs du soir, n'eût pas froissé la délicatesse
de son rêve.

L'enfant si belle, n'ayant d'autre guide que
la logique de son cœur, se perdait parmi toutes
ces choses ; et peut-être s'étonnait-elle, étant
jeune et de bonne santé.

Ah ! ce sable qui gémissait sous leurs pieds
dans la vallée silencieuse, pourra-t-il jamais l'oublier ?

Dans cette volupté, un égoïsme presque méchant l'isolait peu à peu ; jamais sa solitude ne l'avait fait si seul.

Çà et là, sous les palmes noires, des groupes obscurs s'enlaçaient, et il rougit soudain à songer que peut-être son sentiment n'était pas unique au monde.

Mais la jeune fille l'entraînait ; légère parmi ses draperies et ses cheveux indiqués dans le vent, elle courait au bosquet qu'éclairent violemment les chansons et le vin. Sous des arbres très durs, sous des torches noires et rouges vacillantes, dans un cercle de parieurs gesticulant, deux lutteurs s'enlaçaient. D'une beauté choquante, ils croulèrent enfin parmi le tumulte. Alors les fleurs délicates de ses cheveux, elle les jeta contre la poitrine puissante du vainqueur.....
— Au reproche du jeune homme, sans même le regarder, elle répondit, Dieu sait pourquoi : « J'adore la gymnastique. » D'une grâce un peu exagérée, elle n'en était que plus émouvante.

Il s'éloigna, et le souci de paraître indifférent ne lui laissait pas le loisir de souffrir. Puis la

douleur brutalement l'assaillit. Comment avait-il
osé cette chose irréparable, peut-être briser son
bonheur?

D'où lui venait cette énergie à se perdre? —
Il fut choqué de passer en arguties les premières
minutes d'une angoisse inconnue. — Mais sa
douleur est donc une joie, une curiosité pour
une partie de lui-même, qu'il se reproche de
l'oublier? — En effet, il est fier de devenir une
portion d'homme nouveau. — Il se perdait à ces
dédoublements. Sa souffrance pleurait et sa tête
se vidait à réfléchir. Une tristesse découragée
réunit enfin et assouvit les différentes âmes
qu'il se sentait. Il comprit qu'il était sali parce
qu'il s'était abaissé à penser à autrui.

Balançant ses bras dans la nuit, sans but, il
rêva de la douceur d'être deux.

Et, penché sur la plaine, il cherchait la jeune
fille. Il l'entrevit debout parmi des hommes.
Cette pensée lui fut une sensation si complète
de sa douleur, qu'il atteignit à cette sorte de
joie du fiévreux enfin seul, grelottant sous ses
couvertures. Dans l'obscurité, soudain il s'en-

tendit ricaner, et, au bout de quelques minutes,
il songea que les morts, ceux-là mêmes qui lui
avaient mangé le cœur, comme elle disait, riaient
en lui de son angoisse. Ah! maudit soit le mouvement d'orgueil qui lui fit le bonheur impossible! Et toute la montagne, les arbres, les
nuages l'enveloppaient, répétant ce mot « Jamais » qui barrera sa vie. — Combien de temps
durèrent ces choses ?

Il crut sentir sur ses joues la caresse des cils
très longs, et il se leva brusquement, le cou
serré. Seules des larmes glissaient sur son visage.

Et je ne sais s'il s'aperçut qu'il gravissait vers
le temple de la Sagesse éternelle.

Le soleil chassait les langueurs de l'horizon
quand le jeune homme releva son front, ra-
fraîchi par l'ombre du temple et le frisson des
hymnes.

Ces éternelles sacrifiées, les mères et les
amoureuses, et les blêmes enfants un peu morts
de qui les pères escomptèrent la vie pour animer
une formule, toutes les victimes des égoïsmes su-
périeurs, transverberées de ces flèches glorieuses
qui sont les pensées des sages, gisaient sur les
parvis du lieu que nous rêvons. — Lui, por-
teur du signe d'élection, il pénétra dans le
Temple.

Là, jamais ne s'exalte la vigueur du soleil, ne
s'alanguit l'astre sentimental; une froide clarté
stagnante est épandue sur la foule des sages que
roule le fleuve des contradictions; et ce flot

immémorial effrite les groupes cramponnés à des convictions diverses; il sépare et il joint; il brise ceux-là qui se déchirent pour aider à l'Idéal, il ballotte les plus nobles qui s'abandonnent et sourient, il jette à tous les rivages des systèmes, des éloquences et des crânes fêlés; parfois une certitude, comme une furtive écume sur la vague, apparaît pour disparaître. Toutes ces choses sont l'orgueil de l'humanité; une incomparable harmonie s'en dégage pour les amateurs. — Et sa douleur reconnut en ces ténèbres la brume de son âme : ce tumulte n'était que l'écho grandi de la plainte qui, goutte à goutte, murmurait en son cœur.

Comme des spirales de vapeur qui nous baignent et s'effacent et renaissent, la monotone subtilité de son regret tournoyait en sa tête fiévreuse. Qu'ils sont noirs tes cils sur ton visage mat! Comme ta bouche sourit doucement! Qu'il flotte toujours le rêve de ton corps et de ta gorge étroite qui me torture! Ah! notre tendresse souillée!

Affaissé dans le couchant de son souvenir, évoquant les senteurs affaiblies de ce sable humide qui criait jadis sous leurs pas, il revécut les nuances de sa tendresse dans la lamentation séculaire des sages. Tous poussaient à grands cris dans le manège les pensées domestiquées par les ancêtres, mais son regard ne se plaisait que sur les plus surannés qui, têtus de complexités, coquettent avec les mystères et sur ces sages légers qui pivotent sur leurs talons et sachant sourire, ignorent parfois la patience de comprendre. L'esprit humain, avec ses attitudes diverses, tout autour de lui moutonnait à de telles profondeurs, qu'un vertige et des cercles oiseux l'incommodèrent. — Suprême fleur de toutes ces cultures, l'héritier d'une telle sagesse, étendu sur le dos, bâillait.

Sa jeunesse comprit les suprêmes assoupissements et combien tout est gesticulation. Flottantes images de ce bonheur ! Nos mots qui sont des empreintes d'efforts évoqueraient-ils la furtive félicité de cette âme en dissolution, heureuse parce qu'elle ne sentait que le moins possible ?

Mais le prétexte de notre moi, sa chair, si lasse que son rêve fuyait à travers elle pour communier au rêve de tous, se souvint pourtant des souillures de la femme et rentra par des frissons dans la réalité familière. Il ne pouvait chasser de lui cette femme fugitive. Lui-même tenait trop de place en soi pour qu'y pût entrer l'Absolu.

Est-il parmi le troupeau des contradictions qui l'entourent, le mot qui fera sa vie une?

Les plus absorbantes douceurs qu'il eût connues ne venaient-elles pas de l'amour? Or, son amour il l'avait fait lui-même et de sa substance: il aimait de cette façon, parce qu'il était lui et tous les caractères de sa tendresse venaient de lui, non de l'objet où il la dispensait.

Cette femme fut légère et troublante, ne pouvait-il la remplacer, et d'après cette créature bornée qui n'avait pas su porter les illusions brillantes dont il la vêtait, se créer une image féminine, fine et douce et qui tressaillerait en lui et qui serait lui.

C'est ainsi qu'il vécut désormais parmi la stérile mélopée de tous ces sages, extasié en face
la bien-aimée, aussi belle, mais plus rêveuse que
son infidèle. Elle avait sous les cils très longs,
l'éclatante tendresse de ses prunelles, et sa bouche
imposait dans l'ovale de sa figure parfois voilée
de cheveux. Il reposait ses yeux dans les yeux
de son amante, et quand, semblable aux vierges
impossibles, elle baissait ses paupières bleuâtres,
il voyait encore leur douce flamme transpa-
raître.

Il s'agenouilla devant cette dame bénie et jamais extase ne fut plus affaissée que les murmures
de cet amour.

De son âme, comme d'un encensoir la fumée, s'échappait le corps diaphane et presque
nu de l'amante, si délicate avec ses hanches exquises, son étroite poitrine aiguë et sur ses joues
l'ombre des cils. Frêle apparition ! dans ce nimbe
de vapeurs légères, elles semblait un chant très
bas, la monotone litanie des perfections des

amours vaines, l'odeur atténuée d'une fleur lointaine, le soupir de douleur légère qui se dissipe
en haleine.

« O mon âme, enseignez-moi si je souffre ou
si je crois souffrir, car après tant de rêves je ne
puis le savoir. Suis-je né ou me suis-je créé?
Ah ! ces incertitudes qui flottent devant l'œil pour
avoir trop fixé ! J'ose dédaigner la vie et ces apparences qu'elle déroule autour de mes sens. Le
passé, je me suis soustrait à ses traditions dès
mes premiers balbutiements. L'avenir, je me
refuse à le créer, lui qui, hier encore, palpitait
en moi au sourire d'une femme. De mes souvenirs et de mes espoirs, je compose des rêves incomparables. J'appris de nos pères que les couleurs, les parfums, les vertus, tout ce qui charme,
ne sont qu'un tremblement que fait le petit
souffle de nos désirs; et comme eux tuèrent déjà
l'être, je tuai même le désir d'être. L'harmonie
où j'atteins ne me survivra pas. J'aime parce
qu'il me plaît d'aimer et c'est moi seul que j'aime,
pour le parfum féminin de mon âme. Ah !

qu'elle vienne aujourd'hui la femme ! je défie ses charmes imparfaits. »

Alors un doux murmure, le bruissement des voiles d'une vierge sur l'admiration des humbles prosternés, glissa des parvis du temple dont les portes s'écartèrent lentement. Et comme la beauté est une sagesse encore, défiée, sur le seuil elle apparut. Son bras léger au-dessus de sa tête s'appuyait avec grâce aux colonnades, tandis que le charme de sa jeune gorge s'épanouissait. Des arbres rares, un pan du ciel, tout l'univers se résumait au loin à la hauteur de ses petits pieds. Si frêle, elle emplissait tout ce paysage, en sorte que les fleuves, les peupliers et les peuples n'étaient plus que des lignes menues, et au-dessus d'elle il voyait l'idéal l'approuver. Le soir bleuâtre descendait sur les campagnes.

Un grand trouble, comme un coup de vent,

emporta l'âme du jeune homme. Et son cœur se
gonfla de larmes et de joie. Il entendit un tumulte de tout le temple devant cette invasion
des problèmes; et son émoi redoublait à sentir
la terreur de tous, en sorte qu'il n'essaya point
de lutter. Les yeux clos et le cou bondissant,
comme si sa vie s'épuisait vers la bien-aimée, il
attendit; et ses bras se tendaient vers elle, indécis comme un balbutiement...

Il frissonnait de cette haleine légère et de tous
les frôlements un peu tièdes oubliés. Elle caressait maintenant ses seins nus contre ce cœur,
véritable petit animal d'amour, ingénue et nerveuse, avec son regard bleu, en sorte qu'il murmura brisé : « Fais-moi la pitié de permettre
que je ne t'aime point. »

Et peut-être eût-il préféré qu'elle l'aimât.

Mais elle le considérait avec curiosité et quoiqu'elle ne comprît guère, son sourire triomphait;
puis elle rit dans ce lourd silence, de ce rire in-
compréhensible qu'elle eut toujours. Alors, soudain, à pleine main, il repousse les petits seins
stériles de cette femme. Elle chancelle, presque

nue, ses bras ronds et fermes battent l'air; et
dans le bruit triomphal de la sagesse sauvée, au
travers du temple acclamant le héros, sous les
bras indignés, rapide et courbée, elle sortit.
Jamais elle ne lui fut plus délicieuse qu'à cette
heure, vaincue et sous ses longs cheveux.

Et les sages d'un même sursaut, délivrés, dé-
roulèrent l'hymne du renoncement, la banalité
des soirs alanguis et l'amertume des lèvres qu'on
essuye, la houle des baisers, leurs frissons qu'il
est malsain même de maudire, leurs fadeurs et
toutes nos misères affairées. Puis ils répandirent
comme une rosée les merveilles de demain, de ce
siècle délicat et somnolent où des rêveurs aux
gestes doux, avec bienveillance, subissant une
vie à peine vivante, s'écarteront des réformateurs
et autres belles âmes, comme des voluptueuses
stériles qui gesticulent aux carrefours, et, délais-
sant toutes les hymnes, ignoreront tous les martyrs.
Il leva doucement le bras puis le laissa re-
tomber. Que lui importait le sort de la caravane,
passé l'horizon de sa vie! Peut-être s'était-il

convaincu que tant de querelles à la passion
tournoyent comme une paille dans une seconde
d'émotion! Il les quitta.

Que la stérile ordonnance de leurs cantiques
se déroule éternellement!

Aux appels de son amant la jeune femme ne
se retourna point. Elle disparut sous les feuillages entre les troncs éclatants des bouleaux.
Elle ne daignait même pas soupçonner ces bras
suppliants et ces désirs. Il parut au jeune homme
que leur distance augmentait; peut-être seulement son cœur était-il froissé. Il reconnut l'univers; il sentit une allégresse, mais allait-il encore
vivre vis-à-vis de soi-même! Une sorte de fièvre
le releva, il eut un élan vers l'action, l'énergie,
il aspirait à l'héroïsme pour s'affirmer sa volonté.

Vers le soir il atteignit le sable des étangs, et
parmi les saules, au bord de ces miroirs, il regarda la nuit descendre sur la campagne. Là-
bas apparut cette forme amoureuse, souvenir qui
vacille au bord de la mémoire et qui n'a plus de

4

nom; dans un nuage vague elle se fit indistincte, comme un désir s'apaise.

Il n'avait tant marché que pour revenir à cette petite plage où naquit sa tendresse. Son cœur était à bout. Il savait que la vie peut être délicieuse; il renonça rêver avec elle au bois des citronniers de l'amour et cela seul lui eût souri. Ses méditations familières lui faisaient horreur comme une plaine de glace déjà rayée de ses patins. Il bâilla légèrement, sourit de soi-même, puis désira pleurer.

Du doigt, il traça sur la grève quelques rapides caractères. La brise qui rafraîchissait son âme effaça ces traits légers. — Cette légende est vraiment de celles qui sont écrites sur le sable.

Tout de son long étendu, les yeux fatigués par le couchant, seul et lassé, il parut regarder en soi...

CHAPITRE TROISIÈME

—

CONCORDANCE

—

EUX qui se tournent avec ferveur vers des figures d'outre-tombe, ne témoignent-ils pas qu'ils sont mécontents de leurs contemporains et échauffés de quelque sentiment intime inassouvi?

En frissonnant d'enthousiasme, il s'enfonçait dans une façon de rêve, scolaire et sentimental, où l'on verra juxtaposées de confuses aspirations idéalistes, des tendresses sans emploi et de l'âcreté.

Il ne trouvait autour de lui, croyait-il, ni intérêt, ni agrément. Au vrai, c'est alors qu'il s'enrichissait le cœur et l'esprit de découvertes quotidiennes.

DÉSINTÉRESSEMENT

OUJOURS triste, Amaryllis! les jeunes hommes t'auraient-ils délaissée, tes fleurs seraient-elles fanées ou tes parfums évanouis? Atys, l'enfant divin, te lasserait-il déjà de ses vaines caresses? Amaryllis, souhaite quelque objet, un dieu ou un bijou; souhaite tout, hors l'amour, où je suis désormais impuissant; — encore, que ne pourrait un sourire de celle que chérit Aphrodite.

Ainsi Lucius raillait doucement Amaryllis, la

très-jeune courtisane, aux yeux et aux cheveux d'une clarté d'or, tandis que glissait la barque sur le bleu canal, parmi les nénuphars bruissants. Très bas sur leurs têtes, les arbres en berceau se mirent sans un frisson dans l'eau profonde. La rive s'enorgueillit de ses molles villas, de ses forêts d'orangers et de sa quiétude. Entre les branches vertes apparaît par instant le marbre vieil ivoire des dieux qui semblent de leurs attitudes immuables dédaigner les discours changeants de la facile orientale et de son sceptique ami. — Au loin, pâle ligne rosée fondant sous la chaleur, les montagnes, refuges des solitaires et des bêtes féroces, troublaient seules la rêverie de ce ciel.

Mais déjà on approchait de la plage où mollement couchée sous la caresse des flots et des brises, la ville étend ses bras sur l'océan et semble appeler l'univers entier dans sa couche parfumée et fiévreuse, pour aider à l'agonie d'un monde et à la formation des siècles nouveaux.

Avec une grâce lassée, Amaryllis reposait sur des coussins de soie blanche. Son lourd manteau d'argent cassé semblait voluptueusement blesser son corps souple. Ses bras ronds veinés de bleu couronnaient son visage de vierge qui trouble les adolescents, et de sa faible voix très-harmonieuse :

— Riez, ô Lucius, riez. Si quelqu'un des mortels pouvait dissiper mon ennui, c'est à toi qu'irait mon espoir. Tu as aimé, Lucius, on le dit, tu pleuras près des couches trop pleines. Tu t'es lassé du rire de la femme; comprends donc que je me désespère du perpétuel soupir des hommes. Je suis jeune et je suis belle et je m'ennuie, ô Lucius. Les divines tendresses d'Atys, les inquiétants mystères d'Isis et la grandeur de Serapis n'apaisent pas mes longs désirs; or je sais trop ce qu'est Aphrodite pour daigner me tourner vers elle. C'est par moi que naît l'amour et je sais ses souffrances et qu'elles lassent, car gémir même devient une habitude. Je suis une syrienne, la fille d'une affranchie qui prophétisait ; tu es un romain, presque un hellène, tu sais railler, ô Lucius, mais il serait plus doux et plus rare de pouvoir consoler. »

Debout contre la rampe du baldaquin pourpre et noir, le romain jouait avec les glands d'or de sa tunique de soie jaune. L'élégance de ses mouvements révélait l'usage et la fatigue de vivre pleinement. Il évitait les mots sérieux qui sont maussades :

— Amaryllis, disait-il, laisse-moi m'étonner qu'un si petit cœur puisse tant souffrir et qu'il tienne de telles curiosités sous un front gracieux si étroit. Tu as de jeunes et riches amants, des philosophes et même des singes qui font rire. Pourquoi désirer des dieux et des choses innommées !

Sous la soie bleuâtre de sa tunique transparaissait le corps tant adoré de la jeune femme encadré de brocard. Ses doigts effilés jouaient avec la bulle de cristal jaunâtre, où sa mère jadis enferma les conjurations. On n'entendait que le bruissement de l'eau contre la barque ;

de loin en loin sautait un poisson avec le rapide
éclat d'argent de son ventre. Mais seul un souffle
triste agitait le cœur meurtri de l'enfant.

— Quel mimie, quel thaumaturge, quel temple visitera aujourd'hui notre chère Amaryllis?
Je la conduirai selon ses désirs avant de me
rendre au serapeum.

— Athéné vous convoque aujourd'hui? inter-
rogea en se soulevant et d'une voix réveillée, la
jeune femme. Athéné! on dit qu'elle sait les
choses et des dieux la protègent. Une fois que
j'étais couronnée de fleurs et de jeunes amants,
comme on sort d'une fête de nuit, je l'ai vue sur
les tours du Serapeum, extasiée et en robe blanche. Mes amis l'acclamèrent et je ne fus pas ja-
louse, puisqu'elle est une divinité chaste. Alors
survinrent pour la huer ces hommes qui adorent
un crucifié et possèdent toute certitude. Au-
dessus d'elle la lune pâlissait, plus lointaine à
chaque insulte ; mais eux étaient trempés du soleil
levant comme du sang de la victoire et je pense
que c'est un présage. Comment subjugue-t-elle

les âmes? Est-elle donc plus belle que moi? Elle pourrait guérir mon chagrin.

— Tu rêves toujours, Amaryllis, et tes rêves te gâtent ta vie. Daigne sourire, ma chère Lydienne, et contre ton baiser viendront se briser les faibles et dépouiller leurs dernières illusions les forts. Jouis de l'heure qui passe, des caresses des plus jeunes et de l'amitié de ceux qui sont las, et laissons vivre du passé la vierge du Serapeum.

Et s'étant incliné, il serrait la main d'Amaryllis entre ses doigts. Mais elle se mit à pleurer:

— Au nom de nos plaisirs que tu te rappelles, par l'amour que tu avais de mes petites fossettes, par ta haine des chrétiens qui seuls me résistent, par mes larmes qui me rendront laides, Lucius, mène-moi chez Athéné.

Le jeune homme la soutint dans ses bras et s'agenouillant devant elle:

— Le sort, lui dit-il, t'avait donné un corps sain et beau. Faut-il y introduire la pensée qui déforme tout!

Mais comme elle ne cessait de gémir et que

les pleurs d'une femme attristent les plus belles journées :

— Soit, Amaryllis, souris et donne-moi la main pour que nous allions vers Athéné et que je te mène comme un jeune disciple.

L'enfant releva la tête. Un sourire joyeux éclairait son fin visage tandis qu'elle réparait l'appareil de sa beauté. Les avirons se turent, et contre la rive où circulait tout un peuple, un faible choc secoua la barque.

« Au Serapis, » dit-elle avec orgueil. Dans une litière, à l'ombre des colonnades, ils avançaient lentement parmi toutes les races parfumées de cet Orient que rehaussent les plus curieuses prostitutions de la femme et des jeunes hommes. Soudain au détour d'une rue, ils rencontrèrent une populace hurlante, de figures féroces et enthousiastes : chrétiens qui couraient assommer les Juifs. La courtisane tremblante penchait malgré elle son fin visage hors des draperies et dans le ruissellement de sa chevelure dorée elle cherchait, en souriant

un peu, le regard de Lucius. Alors du milieu
de ce torrent, un homme qui les dominait
tous de sa taille et de ses excitations lui cria :

— La femme des banquets ira pleurer au
temple ! le dieu est venu dont le baiser délivre des
caresses de l'homme !

Et tous disparurent par les rues sinueuses vers
les massacres.

Avec la triple couronne de ses galeries effri-
tées et les cent marches croulantes de son escalier, le Sérapeum dominait la ville, ses splen-
deurs, ses luxures et tous ses fanatismes. Sur ses
murs déjoints fleurissaient des câpriers sauvages.
Mais il apparaissait comme le tombeau d'Hellas.
Les images des gloires anciennes et plus de sept
cent mille volumes l'emplissaient. Ces nobles
reliques vivaient de la piété d'une auguste vierge,
Athéné, pareille à notre sensibilité froissée qui
se retire dans sa tour d'ivoire.

Elle avait hérité des enseignements, et chaque
semaine elle réunissait les Hellènes. Elle soutenait
dans ces esprits, exilés de leur siècle et de leur
patrie, la dignité de penser et le courage de se
souvenir. Ceux-là même l'aimaient qui ne la pouvaient comprendre.

5

Dans la grande salle, pavée de mosaïques écla-
tantes et tapissée des pensées humaines, Athéné
qu'entouraient des romains, des grecs, beaucoup
de lents vieillards et quelques élégantes, amoureuses des beaux diseurs et des jolies paroles,
semblait une jeune souveraine; ses yeux et tous
ses mouvements étaient harmonieux et calmes.

Suivie de Lucius, Amaryllis entra pleine de
trouble et de charme. La vierge les accueillit
avec simplicité.

— Tu es belle, Amaryllis, il convient donc
que tu sois des nôtres. Tu connaîtras ce que fut
la Grèce, ses portiques sous un ciel bleu, ses
bois d'oliviers toujours verts et que berçait l'haleine des dieux, la joie qui baignait les corps et
les esprits sains, et ton cœur mobile comprendra
l'harmonie des désirs et de la vie. Plotin, à qui
les dieux se confièrent, avait coutume de dire:
Où l'amour a passé, l'intelligence n'a que faire.
Amaryllis, en toi Kypris habita, prends place au

milieu de nous, comme une sœur digne d'être écoutée.

— L'amour, Athéné, dit un jeune homme, est-ce bien toi qui le salue?

Elle dédaigna d'entendre ce suppliant reproche, et fit signe qu'elle avait cessé de parler.

Un orateur communiqua de tristes renseignements sur les progrès de la secte chrétienne, qui prétend imposer ses convictions, sur le discrédit des temples indulgents et le délaissement des hautes traditions. Il évoqua le tableau sinistre des plaines où mourut un empereur philosophe parmi les légions consternées. Il dit ta gloire, ô Julien, pâle figure d'assassiné au guet-a-pens des religions; tu sortais d'Alexandrie, et tu t'honoras du manteau des sages sous la pourpre des triomphateurs; tu sus railler, quand tous les hommes comme des femmes pleuraient; au milieu des flots de menaces et de supplications qui battaient ton trône, tu connus les belles phrases et les hautes pensées qui dédaignent de s'agenouiller.

Tous applaudirent cette glorification de leur

frère couronné, et quand le vieillard, grandi par
son sujet, salua de termes anciens et magnifiques
ceux qui meurent pour la paix du monde devant
les barbares, et ceux-là, plus nobles encore, qui
combattent pour l'indépendance de l'esprit et le
culte des tombeaux, tous, les femmes et les
hommes, les jeunes gens que grise le sang et
ceux qui tremblent de froid, se levèrent, glori-
fiant l'orateur et le nom de Julien, et déclarant
tout d'une voix que le discours fameux de Péri-
clès avait été une fois égalé.

L'orateur était vieux il ne sut s'arrêter.

— Laissez, disait un poète, laissez agir les
dieux et la poésie, nous triompherons de la populace comme jadis nos pères, de tous les barbares. Quelques-uns de leurs chefs ne sont-ils pas
des nôtres !

— Moi, je vous dis, interrompit un romain,
ancien chef de légion, que leurs chefs ne peuvent rien, je dis que tous vous aimez et com-
prenez trop de choses, que la foule vous hait,
comme elle hait le Serapis pour ce qu'elle l'ignore,

et que si vous n'agissez en barbares, ces barbares vous écraseront.

Un murmure s'éleva, et des femmes voilèrent leur visage. Cependant Amaryllis disait aux jeunes hommes d'une voix chantante et assez basse :

— Nous sommes des Hellènes d'orgueil, mais où va notre cœur? De Phrygie, de Phénicie nous vinrent Adonis, que les femmes réveillent avec des baisers, Isis qui régnait et la grande Artémis d'Ephèse, qui fut toujours bonne. D'Orient encore nous viennent les amulettes, et les noms de leurs dieux, étant plus anciens, plaisent davantage à la divinité.

Un autre se récitait des idylles, et une douce joie baignait son visage.

L'ombre maintenant envahissait la salle. Par les portes ouvertes des terrasses un peu d'air pénétrait. Sur les mosaïques, les jeunes hommes traînèrent leurs escabeaux d'ébène près des coussins des femmes. La ligne sombre des armoires encadrait la soie et les brocards ; les fres-

ques s'éteignaient, plus religieuses dans ce demi-
jour ; la salle semblait plus haute, et les dieux de
marbre étaient plus des dieux.

La vierge debout considérait ce petit monde,
le seul qu'elle connût parmi les vivants, le seul
qui pût la comprendre et la protéger ; si elle
souffrait des phrases inutiles, de l'intrigue et de la
vanité de son entourage, ou si elle vaguait loin
de là dans le sein de l'Etre, sa noble figure ne
le disait point. Alors des siècles de grossièreté
n'avaient pas modelé le visage humain à grima-
cer comme font mes contemporains.

A ce moment une clameur monta de la place,
et pénétra en tourbillons indistincts dans l'as-
semblée, qu'elle balaya et fit se dresser inquiète.
Une bande impure vociférait au pied du Serapeum. Les plus hardis avaient gravi les premières
marches du temple. On les voyait dégoûtants
de haillons, la tête renversée en arrière, la gorge
et la poitrine gonflées d'insultes. Et le nom
d'Athéné montait confusément de cette tourbe,
comme une buée d'un marais malsain.

Sans faiblir, la vierge s'appuyait au marbre

effrité des balustrades. Sur la plaine uniforme
des toits, les raies noires des rues aboutissant au
Serapeum lui paraissaient les égouts qui char-
riaient la fange de la cité dans cette populace
ignominieuse.

Un vieillard avec respect prit la main de la
jeune fille et lui dit :

— Tu ne dois pas les écouter ni les craindre.

Elle l'écarta doucement.

Amaryllis se demandait : Est-il vrai que leurs
temples sont pleins de femmes ? Quel charme
infini émane du bel adolescent qu'ils servent! Elle
se sentait attirée vers cet inconnu, et plus sœur de
ces hommes ardents et redoutables que de ces
romains altiers, de ces railleurs et de ces pédan-
tismes secs.

Elle entendait à demi l'accent ironique de
Lucius :

— Dédaignons-les ! un léger dédain est encore un plaisir. Mais gardons-nous de les mépriser; le mépris veut un effort, et nous rapproche-
rait de ces curieux fanatiques.

A ce moment, sous l'effort de la foule, un des anubis qui décorait la place chancela, s'abattit, et une clameur triomphale flotta par-dessus les décombres.

Lentement Athéné se retourna. Une haute dignité s'imposait de cette vierge indifférente à la colère d'un peuple, et d'une voix ample et douce, semblable sur les clameurs de la foule à la noblesse d'un cygne sur des vagues orageuses, elle déclama un hymne héroïque des ancêtres.

Quand elle s'arrêta, le cou gonflé, haletante, transfigurée sous le baiser de l'astre qui, là-bas, dans l'or et la pourpre s'inclinait, les jeunes gens palpitaient de sa beauté. Un silence majestueux retomba derrière ses paroles. Elle haussait les âmes médiocres. Lucius, accoudé aux débris de quelque immortel, goûtait une profonde et délicieuse mélancolie.

Le soleil disparut de ce jour dans une tache

de pourpre et de sang, comme un triomphateur et un martyr. Il avait plongé dans la mer toute bleue, mais de son reflet il illuminait encore le ciel, semblable à toutes ces grandes choses qui déjà ne sont plus qu'un vain souvenir quand nous les admirons encore.

Athéné maintenant contemplait les jardins, leur stérilité, la ruine des laboratoires, et une fade tristesse la pénétrait comme un pressentiment. Elle leva la main, et, d'une voix basse et précipitée, tandis qu'au loin les cloches de Mittra et celles des chrétiens convoquaient leurs fidèles, tandis que les hurleurs s'écoulaient et que seul le soir bruissait dans la fraîcheur :

— Je jure, dit-elle, je jure d'aimer à jamais les nobles phrases et les hautes pensées, et de dépouiller plutôt la vie que mon indépendance.

Et d'une voix calme, presque divine : « Jurez tous, mes frères !

— Athéné, sur quoi veux-tu que nous jurions ?

— Sur moi, dit-elle, qui suis Hellas.

Et tous étendirent la main.

Mais déjà, la représentation finie, ils s'em-
pressaient à rajuster leurs tuniques, à draper les
plis de leurs manteaux, pour sortir par les jardins.

Amaryllis à l'écart pleurait; après cette journée tant émue, ses nerfs avaient faibli sous la
suprême invocation de la vierge. Athéné promenait ses lents regards, et rien dans sa sérénité ne
trahissait l'impatience de solitude que ces longues séances lui laissaient. Elle vit la courtisane
et l'embrassa devant tous, et la tendre lydienne
s'abandonnait à cette étreinte. On applaudit.
Ces fils artistes de la Grèce trouvaient beau la
vierge aux contours divins enlacée de la souple
orientale : pure colonne de Paros où s'enroule
le pampre des ivresses.

Lucius songeait : Hélas ! Athéné, vous voulez
nous élever jusqu'à l'intelligence pure et nous
défendre toutes les illusions, celles qui nous font

pleurer et celles dont nous rêvons; craignez qu'il ne vous enlève encore cette enfant, celui qui abaissa les pensées de nos sages jusqu'au peuple, et qui, dans sa mort comme dans sa vie, évoque tous les troubles de la passion.

L'agitation persista, car les ennemis d'Athéné gagnaient de l'audace à demeurer impunis, et la foule se prenait à haïr celle qu'on insultait tout le jour.

Quand revint le cours de la vierge, le Romain, avec une bienveillante ironie, lui conduisit l'orientale :

— Je te présentai une servante d'Adonis, c'est une chrétienne qu'il faut dire aujourd'hui.

Athéné, avec la lassitude de son isolement et de son élévation, répondit :

— Qu'importe, peut-être, Lucius ! Ne pas sommeiller dans l'ordinaire de la vie, être curieux de l'inconnaissable, c'est toute la douloureuse noblesse de l'esprit; tu la possèdes, Amaryllis. Et pouvons-nous te reprocher, à toi qui naquis d'une affranchie orientale, le malheur d'ignorer

la forme sereine et définitive, que surent donner
à cette inquiétude nos aïeux, les penseurs
d'Hellas.

Dans cette excuse se dressait un peu de fierté,
et ce fut tout son reproche à la chrétienne. Puis
en peu de mots elle les remercia d'être venus.
Ses amis le plus affichés, jugeant le péril immi-
nent, s'étaient excusés. Seul, un vieillard rejoi-
gnit auprès de la vierge, Amaryllis et Lucius. Il
était poète et chancelant. Il affirma que la populace, un peu égarée, se garderait d'abord de tous
excès. Lucius et Athéné empêchèrent Amaryllis
de lui dessiller les yeux; cette vierge ignorante
de la vie et ce débauché trop savant estimaient
cruel et inutile de rompre l'harmonie d'un esprit,
et que les plus beaux caractères sont faits du
développement logique de leurs illusions.

Cependant, avec simplicité, Athéné commença son enseignement au petit groupe attentif :

— « Je comptais sur vous, mes amis, car toujours il me sembla que les poètes et les amis du

plaisir, disposant, les uns du cœur des grandes héroïnes, les autres du cœur des jeunes hommes et des jeunes femmes, n'ont point à user de leur propre cœur pour les frivolités passagères, et qu'ainsi, aux heures troublées, ils le trouvent intact dans leur poitrine.

« Et puis les poètes et les voluptueux ne savent-ils pas se comporter plus dignement qu'aucun envers la mort, car ceux-ci n'en parlent jamais, et les hommes inspirés la chantent en termes magnifiques, avec tout le déploiement de langage qui convient aux choses sacrées.

« Elle est la félicité suprême, l'inconnue digne de nos méditations, la patrie des rêves et des mélancolies. Elle est le seul, le vrai bonheur. Quelques sueurs et des contractions la précèdent qu'il faut couvrir d'un voile, mais aussitôt nous nous fondons dans l'Être, nous sommes soustraits aux douleurs du corps; plus d'angoisse, plus de désir, nous nous absorbons dans l'un, dans le tout... »

Sa voix était un peu cadencée et, par mo-

ments, s'envolait avec l'ampleur d'un hymne aux
dieux. Au milieu des huées d'un peuple, il y
avait une rare dignité dans cette vierge si jeune
et belle, déployant, comme un riche linceul,
l'apothéose de la mort.

Elle vit le vieillard qui considérait la salle
vide avec des yeux touchés de larmes, car ces
nobles paroles le faisaient songer plus amère-
ment encore à cet abandon. Et s'interrompant :

« Je veux laisser là, dit-elle, les pensées des
sages, puisque aujourd'hui elles t'attristent, ô
mon poète ! mais garde-toi de mêler de mau-
vaises pensées au regret des absents. Ce n'est
pas sans doute faute de courage qu'ils se refusent
à braver la populace, mais songez, mes amis,
combien justement les hommes raisonnables
pourraient vous traiter d'insensés, vous qui préférez vous joindre aux femmes plutôt que de
suivre les principaux ; et toutes deux, Amaryllis,
ne devons-nous pas rougir, quand ces autres sup-
portent avec une telle fermeté la vie qui nous
est si lourde ! »

A cet instant une rumeur monta de la place, un bruit de course, des cris d'effroi : dans le lointain, un nuage de poussière s'élevait, comme la marche d'un grand troupeau. Les Solitaires ! Ainsi étaient déchaînés les plus féroces des hommes contre une femme.

Lucius et ses amis voulurent entraîner Athéné.

— Ils n'ont que moi, répondit-elle, en indiquant d'un geste les armoires, les bibliothèques et les statues des ancêtres. Je ne délaisserai pas les exilés.

Amaryllis se jeta à genoux et elle baisait les mains de la vierge héroïque.

— Jamais ! reprit-elle.

La grandeur du sacrifice lui donnait à cette heure une beauté inconnue des vivants. Elle reprit :

— Quittons-nous, mes frères. Le passage des jardins est libre encore.

Elle devina leur refus, et ses lèvres qu'allait sceller la mort consentirent au mensonge.

— Seuls, dit-elle, leurs chefs peuvent arrêter
ces fanatiques; ils nous savent innocents et
nobles; hâtez-vous de les prévenir...

Mais s'il advenait ce que vous craignez, garde-
toi, Lucius, de toute amertume. Transmets à nos
frères ma suprême pensée, et que toujours ils se
souviennent des ancêtres. Et toi, Amaryllis,
puisque tu es belle, console les jeunes hommes;
s'il se trouvait, — je puis, à cette extrémité,
supposer une chose pareille, — s'il se trouvait
que quelqu'un d'entre eux ait soupiré auprès de
moi, et que ma froideur l'ait contristé, prie-le
qu'il veuille me pardonner, dis-lui qu'il n'est rien
de vil dans la maison de Jupiter, mais qu'il m'a
paru que, à la dernière d'une race, cela conve-
nait de demeurer vierge et de se borner à conce-
voir l'immortel; et comme je n'avais pas la large
poitrine des femmes héroïques, mon cœur gonflé pour Hellas l'emplissait toute.

Amaryllis, qui pleurait depuis longtemps déjà,
éclata de sanglots et déchira ses vêtements avec
des cris qui faisaient mal. Le vieillard et Lucius
ne purent retenir leurs larmes.

Athéné leur dit doucement :

— Je vous prie, amis.

Puis Amaryllis tremblait d'effroi.

Dehors un silence sinistre pesait. On sentait l'attente de toute une ville et comme l'embuscade d'un grand crime.

La vierge dit au vieillard, qui seul était demeuré : Père, laisse-moi.

Il répondit en sanglotant :

— Je t'ai connue quand tu étais petite... Je suis très vieux, et toi seule m'aimes parmi les vivants...

Soudain ils se turent.

En bas, une marche cadencée retentissait sur les dalles. Les légions ! cria-t-il. Et tous deux se sentirent une immense joie, et cependant quelque chose comme une déception de martyrs. C'étaient les barbares à la solde de l'empire, casqués d'airain et leurs épées sonnant à chaque pas. Honte ! ils protègent la ville seule ! ils sacrifient le Serapis aux fanatiques qui accourent, farouches sous leurs peaux de bêtes, avec des piques.

Elle répéta : Père, laisse-moi, car il n'est pas convenable qu'une femme meure devant un homme.

Il cessa de pleurer, et relevant la tête :

— Linus fut déchiré par des chiens enragés, mais Orphée enchantait les bêtes féroces. Le dernier de leurs pieux disciples s'enorgueillit de tenter un destin semblable.

La jeune fille n'essaya pas de le retenir. Peut-être convenait-il que des vers fussent déclamés devant la mort de la petite-fille de Platon et d'Homère.

De la terrasse, elle vit le doux vieillard s'avancer vers la populace. A peine il ouvrait la bouche qu'une pierre lui fendit le front, où chante le génie des poètes. Et la vierge immaculée dédaigna d'en voir davantage. De ce peuple vautré dans la bestialité, elle haussa son regard jusqu'au ciel et jusqu'au divin Hélios, qu'environne l'éther immense où se meuvent, sur le rhythme des astres, les âmes les plus nobles.

On entendait le bruit des poutres contre les portes vermoulues, et des voix hurlant la mort.

Comme une prêtresse, avec une lente sérénité, dans un jour solennel, accomplit selon les rites anciens les prescriptions sacrées, ainsi Athéné se tourna vers la lointaine, vers la pieuse patrie d'Hellas :

— Adieu, disait-elle, ô ma mère ! ô la mère de mes aïeux ! Athènes qui n'es plus qu'une ruine harmonieuse, près de dépouiller l'existence, je te salue de ma dernière invocation !

Tu m'adoucis ma jeunesse, tu m'instituas un refuge dans ta gloire contre les choses viles, contre la médiocrité et la souffrance, et s'il n'avait tenu qu'à toi, j'eusse connu la douceur du sourire.

Tu déposas en moi tes plus nobles pensées et tes rhythmes les plus harmonieux, et tu ne craignis point que ma faiblesse, de femme et de vierge, alanguît ton génie. Et maintenant, mère,

puisqu'il te plaît de me délivrer, enseigne-moi
l'antique secret de mourir avec simplicité.

Puis s'adressant aux statues d'Homère et de
Platon :

— Un jour, dit-elle, que je rêvais à vos
côtés, j'appris de mon cœur qu'une belle pensée
est préférable même à une belle action. Et pourtant je dois me contenter de bien mourir. Le
corps est beau, mais il vaut mieux qu'il souffre
que l'esprit; et m'exiler de vous ne serait-ce pas
chagriner à jamais mon âme ?

Ma mort toutefois n'offensera point votre
sérénité, et mon sang pâli lavera les parvis de
votre demeure.

Elle se pencha encore vers les cours inté-
rieures. Çà et là, des pigeons y sautillaient de
grains en grains. Rêveuse, elle demeura un
instant à regarder les plantes, les bêtes, la vie
qu'elle avait toujours dédaignée, et cette dernière seconde lui parut délicieuse.

Cependant elle couvrit son noble visage d'un long voile, puis elle apparut aux regards de la foule sur les hauts escaliers. Le flot d'abord s'entr'ouvrit devant elle, car sa démarche était d'une déesse, et nul ne voyait ses lèvres pâlies. Mais ses forces faillirent à son courage, elle s'évanouit sur les dalles. — Alors, comme les mâchoires d'une bête fauve, la foule se referma, et les membres de la vierge furent dispersés, tandis que, impassibles sous leurs casques et sous leurs aigles, les barbares ricanaient de cet assassinat, éclaboussant la majesté de l'empire et le linceul du monde antique.

Au soir, tandis qu'Alexandrie ayant trahi les siècles anciens, se tordait dans l'épouvante et le délire avec les cris d'une agonisante et d'une femme qui enfante, Amaryllis et Lucius recherchèrent les restes divins de la vierge du Serapis.

Ainsi mourut pour ses illusions, sous l'œil des barbares, par le bâton des fanatiques, la dernière des hellènes; et seuls, une courtisane et un débauché frivole, honorèrent ses derniers instants. Mais que t'importe, ô vierge immortelle, ces défaillances passagères des hommes! ton destin mélancolique et ta piété traversèrent les siècles douloureux, et les petits-fils de ceux-là qui ricanaient à ton martyre s'agenouillent devant ton apothéose, et, rougissant de leurs pères, ils te demandent d'oublier des choses irréparables, car cette obscure inquiétude qui jadis excita les aïeux contre ta sérénité, force aujourd'hui les plus nobles à s'enfermer dans leur tour d'ivoire, où ils interrogent avec amour ta vie et ton enseignement; et ce fut un grand bonheur, pour un des jeunes hommes de cette époque, que ces quelques jours passés à tes genoux, dans l'enthousiasme qui te baigne et qui seul eût pu rendre ces pages dignes de ton héroïque légende.

LIVRE II

A PARIS

A Henry de Verneville.

CHAPITRE QUATRIÈME

CONCORDANCE

CETTE *période que nous commençons pa-*
raîtra d'un ordre plus rare que la précé-
dente, où il s'assimilait simplement les
impressions de son milieu et de son âge. Voici
que sa personnalité s'accuse.

A Paris, il ne trouva pas ces hommes d'exception,
qu'il imaginait, et à cause desquels il s'était mé-

prisé pendant des années. Quant à l'aimable plaisir qu'on y rencontre à chaque heurt de rue ou de conversation, il estimait qu'il en faudrait davantage pour que cela suffît.

Dans cette vie où il se dispersa, il apportait en somme assez de clairvoyance.

PARIS A VINGT ANS

EN ces rêves (chapitre III), l'adolescent parait de noms pompeux ses premières sensibilités. Durant trente jours et davantage, il gonfla son âme jusqu'à l'héroïsme. De sa tour d'ivoire, — comme Athéné, du Serapis — son imagination voyait la vie grouillante de fanatiques grossiers. Il s'instituait victime de mille bourreaux, pour la joie de les mépriser. Et cet enfant isolé, vaniteux et meurtri, vécut son rêve d'une telle énergie que sa souffrance égalait son orgueil.'

Solitaires promenades jusqu'à l'aube dans l'ombre de Notre-Dame !

C'était une philosophie abandonnée qu'il venait là pieusement servir. Que lui importait alors une vaine architecture ! Ces pierres, si ingénieux qu'il en sût l'agencement, ne paraissaient à son esprit que le manteau d'un Dieu. Sa dévotion, soulevant ce linceul qu'elle eût jugé grossier de trop admirer, frissonnait chaque soir d'y trouver l'enthousiasme.

Quartier déchu ! ruelles décriées, d'où ombragèrent la chrétienté d'incomparables métaphysiques ! sa fièvre vous parcourait, insatiable de vos inspirations, et ses pieds à marcher sur tant de souvenirs ne sentaient plus leurs meurtrissures.

Soirées glorieuses et douces ! Son cerveau gorgé de jeunesse dédaignait de préciser sa vi-

sion ; ainsi son génie lui parut infini, et il s'eni-
vrait d'être tel.

La réaction fut violente. A ces délices suc-
céda la sécheresse. Tant de nobles aspirations
anéanties lui parurent soudain convenues et
froides. Et son cerveau anémié, ses nerfs
surmenés s'affolèrent pour évoquer immédiate-
ment, dans cet horizon, piétiné comme un
manège, quelque sentier où fleurît une ferveur
nouvelle.

Il avait horreur de la monotone solitude de ses
méditations, comme d'une débauche quand notre
tête et les bougies vacillent au vent de l'aube.
Une fraîche caresse et de distrayantes niaiseries
l'eussent reposé. Mais son amie, enfoncée dans
la brume finale du chapitre II, n'avait pas re-
paru. Aussi, las et désespéré de ne s'être plus rien
de neuf, il détesta de vivre, parce qu'il ne savait
pas de façon précise se construire un univers
permanent.

Toute la journée, il somnolait d'un vague à
l'estomac ; il fumait sans plaisir et bâillait. Il
visita des gens, et leurs conversations poisseuses
l'écœurèrent.

Or un jour, dans une fête, au soleil sec, où Paris s'épanouissait dont le parfum enfièvre un peu et dissipe les songes pleureurs, parmi des marbres d'art, des corbeilles colorées et un tumulte poli, il la rencontra, elle, la jeune femme, jadis son amie.

De ses sourires et de ses cils elle guidait une troupe de jeunes gens charmés. Elle avait mis à sa libre allure de jeune fille le masque frivole d'une mondaine, et ennuagé son corps souple du fouillis des choses à la mode. Toujours délicieuse, il la reconnut, elle dont il ne put définir le sourire ni les yeux pleins de bonté, et qui, couronnée de fleurs, réconfortait les premières mélancolies dont il soupira, — elle dont il souffrit d'amour, — elle encore qui fut Amaryllis, parfumée et près de qui l'on se plaît à

gaspiller le temps, la sensualité et la métaphysique.

Il lui sembla qu'une partie de soi-même, depuis longtemps fermée, se rouvrait en lui. De
suite s'agrandit sa vision de l'univers.

Fontaine de vie, figure mystérieuse de petit
animal, nubile et dont un geste, un sourire, un
profil parfois mettent sur la voie d'une émotion
féconde. Lueur qui nous apparaît aux heures
rares d'échauffement, et qui revêt une forme harmonieuse au décor du moment, pour offrir à
notre âme, chercheuse de dieux, comme un
résumé intense de tous nos troubles. — Son
désir à nouveau se cristallisait devant lui.

Sous les feuillages, parmi la foule qui s'écarte
et admire, elle papote, capricieuse et reine,
tandis que les attitudes rares, les vocalises convenues et ironiques, les gestes qui s'inclinent,
tout l'appareil de son entourage, irritent notre
adolescent qui envie. Mais elle le regarde avec

une gravité subite, avec des yeux plus beaux que jamais. Et il aspire à dominer le monde pour mépriser tout et tous et que son mépris soit évident.

Cependant auprès de lui, ses camarades, des buveurs de bière, discourent d'une voix assurée où sonnent à chaque phrase des mots d'argent, tandis que le garçon, balancé sur un pied et qui serre contre son cœur une serviette, approuve.

— Mais pourquoi indiquerais-je les certitudes grossières qu'ils affichent sur l'amour ! Leur faconde, leurs prouesses et leurs rires ne sont pas plus choquants que le fait seul qu'ils existent.

Sur son cœur un instant échauffé, du ciel las, la pluie tombe fine. Le soleil, sa joie, toute la fête se terminent.

La jeune femme serre la main de ses amis, avec un geste sec et bien gai ; elle se prête gracieusement au baiser d'un personnage âgé et considérable, — à qui elle chuchote quelques

mots, en désignant le jeune homme. Puis
le coupé, glaces relevées, s'éloigne; et s'ef-
face sous la pluie le cocher, rapide et dédaigneux.

Le vieillard demeure seul. Il semble l'ombre découpée sur la vie par cette voluptueuse image de jeune fille ; il est l'apparence, la forme de l'âme furtive qu'elle signifie. Ses lèvres, trop mobiles et déconcertantes, sont pareilles au rire léger de cette mondaine créature ; et, comme elle nous enchante par les ondulations de sa taille pliante, il nous conquiert tous par l'approbation perpétuelle de sa tête qui s'incline. C'est M. X***. M. X***, causeur divin, maître qui institua des doubles à toutes les certitudes, et dont le contact exquis amollit les plus rudes sectaires. Ses paupières sont alourdies, car sur elles repose la vierge fantaisie. Mais le jeune homme, parce qu'il aimait, sut voir les prunelles bleues du sophiste rêveur. Il l'aborda sans hésiter ; il lui dit son inquiétude, qu'une bourrique pessimiste et un théoricien ne surent apaiser, ses amours anémiques, ses rêves et ses piétinements. Il le pria de lui indiquer le but de la vie,

7

en peu de mots, dans ce décor d'une fête de
Paris.

Le philosophe voulut bien sourire et le comprendre tout d'abord.

« Je pense que nous pourrons vous tirer de
peine, mon ami, et vous procurer le bonheur
puisque, en vos successives incertitudes, vous
respectâtes la division des genres. Vous con-
nûtes l'amour, et hier encore vous frissonniez
des plus nobles enthousiasmes. De telles expériences bien conduites sont précieuses... Vous
avez sans doute vingt-un ans ? »

Il sourit et se frotta les mains.

« S'il vous plaît, reprit-il, goûtons quelque
absinthe. Voilà des années que je célèbre les
jouissances faciles sans les connaître. A mon
âge imaginer ne suffit plus ; de petit faits, de
menues expériences me ravissent. »

Et battant son absinthe avec une délicieuse

gaucherie, l'illustre vieillard se complut encore
à quelques compliments ingénieux, tandis qu'à
chaque gorgée leur soir se teintait de confiance.

« Mon jeune ami, permettez que je retouche
légèrement votre univers. Il est assez du goût
récent le meilleur, je voudrais seulement le préciser çà et là.

« Vos maîtres, leurs livres et leurs pensées dif-
fuses vous firent une excellente vision, un monde
d'où est absente l'idée du devoir (l'effort, le
dévouement), sinon comme volupté raffinée ;
c'est un verger où vous n'avez qu'à vous satisfaire,
ingénûment, par mille gymnastiques (je vous
suppose quelques rentes et de la santé.)

« Et pourtant vous vous plaignez ! Certes, tant
de tendresse, dont vous me disiez les soupirs,
n'assouvit pas votre cœur, et vos bras sont rom-
pus pour avoir haussé dessus les barbares un
rêve héroïque. Mais quoi ! faut-il, à cause de ces
lendemains désabusés, que votre cœur méfiant
oublie des instants délicieux ? Une femme ne fit-
elle pas votre poitrine pleine de charmes ? Le

spectacle de la vertu piétinée par la plèbe ne vous
a-t-il pas monté jusqu'à l'enthousiasme? — Siècle
lourdaud! Logique détestable! Ils disent: « Ni
la femme ni la vertu, que nous engendrons dans
la joie, n'ont de lendemain. » Qu'importe! Une
âme vraiment amoureuse ou héroïque bondit à de
nouvelles entreprises. C'est à vous même qu'il
faut vous attacher et non aux imparfaites images
de votre âme: femmes, vertus, sciences, que vous
projetez sur le monde.

« Les petits enfants, entre deux travaux de
leur âge, jouent au voleur; ils goûtent avec
intensité les plaisirs de l'astuce, de l'indépendance
et du péché, entre quatre murs, de telle à telle
heure. Ainsi faites, et créez-vous mille univers.
Que votre pensée vous soit une atmosphère
aimable et changeant à l'infini. Lord Beascon-
field, qu'il nous faut honorer, écrit « s'il chercha
un refuge dans le suicide, ce fut, comme tant d'autres, parce qu'il n'avait pas assez d'imagination. »

« Sûtes-vous jouer de l'amour; en tresser des
guirlandes à votre vie et à votre rêve? Je vous
vis à l'écart, froissé... »

Le jeune homme frissonna sous ce dernier contact trop intime, et le vieillard qui s'en aperçut fit obliquer son discours :

« Hélas ! je négligeai moi-même les mimiques d'amour. Je serai plus compétent à vous décrire un autre synonyme du bonheur ; c'est la recherche de la notoriété que je veux dire : réputation, gloire, toute publicité suivie d'avantages flatteurs. Des hommes mûrs et des jeunes même s'y complurent, que l'amour n'avait su retenir. Sans doute, à tendre la main derrière ces instants aimables que je veux vous indiquer, vous ne trouverez rien de plus qu'après le baiser de votre amie ou l'énivrement de votre vertu, mais, pour créer cette troisième illusion, les méthodes sont très-amusantes.

« Jeune, infiniment sensible et parfois peut-être humilié, vous êtes prêt pour l'ambition. Permettez que je vous trace un itinéraire sûr, que je vous signale les tournants pittoresques, que je vous tende la gourde et le manteau, à cause des désillusions et du soir où lassé on bâille dans l'auberge solitaire. — Donc qu'un garçon me verse et l'absinthe et la gomme, puis parlons librement et sans crainte de commettre des solécismes, comme faisaient jadis deux cuistres, discutant de la grammaire en cabinet particulier.

« Et d'abord instituez-vous une spécialité et un but.

« Si votre esprit timide ne sait pas, dès sa majorité, embrasser toute une carrière, qu'il jalonne du moins l'avenir, comme le sage coupe sa vie de légers repas, d'épaisses fumeries et de nocturnes abandons où l'amitié, l'amour et soi-même lui sourient. C'est d'étape en étape que votre jeune audace s'enhardira.

« Dénombrez avec scrupule vos forces : votre santé, votre extérieur, vos relations. Craignez de vous dissimuler vos tares : votre sécheresse rarement échauffé, vos flaneries et cette délicatesse qui pourra vous nuire.

« Ayant dressé ce que vous êtes et ce qu'il vous faut devenir, vous posséderez la formule précise de votre conduite. A la rectifier, chaque jour consacrez quelques minutes, dans votre voiture si lente et qui vous énerve, dans l'embrasure des fenêtres mondaines, tandis que passent les valseurs.

« Mais gardez de laisser cet agenda sur l'oreiller d'une amie qui s'étonne et admire, ou dans le verre d'un camarade qui s'écrie : « Moi aussi... »

« Que désormais chacun *découvre*, et à votre attitude seule, combien vous êtes né pour ce but même que secrètement vous vous fixez. Vos fréquentations, la coupe de votre vêtement contribueront à créer l'opinion. Soignez vos manies, vos partis-pris et vos ridicules ; c'est l'appareil où se trahit un spécialiste. De là sera déduit votre caractère. Je glisse sur le détail, mais que d'exemples, instructifs et charmants, à tirer de la vie parisienne : si cela n'était impudent.

« Votre attitude composée, reste, pour réaliser votre formule, à vous faire aider.

« Par qui ?

« Les jeunes gens vous choqueront, car personnels et bruyants. Comment d'ailleurs les trier ?

parmi eux des enfants dominateurs pétaradent
qui disparaîtront bientôt. Puis vos intérêts et les
leurs, identiques, se contrecarent. Voyez-les le
moins possible, et surtout écartez toute fami-
liarité.

« Des personnes âgées vous seront une meilleure ressource : du premier jour leur amitié
vous recommandera. La suite ne vous vaudra rien
de plus, sinon des besognes peut-être et gratuites.
Comment, retirés sur les sommets de la vie, aide-
raient-ils à ces petites combinaisons dont ils
sourient? ils ont oublié leurs efforts! — Plus
qu'aucun toutefois, leur commerce vous donnera
de l'agrément. La vie, si bouffonne, enseigne ces
hautes intelligences à jouir de la notoriété avec
ce détachement que je vous prêche dès votre
départ. Enfin, ayant un noble esprit, ils y joignent
le plus souvent des mœurs douces. Mais le
vieillard, songez-y, très-égoïste, ne veut pas qu'on
se relâche.

« L'excellente société pour vos projets, c'est
vos aînés immédiats ; j'entends qu'ils ont trente
à trente-cinq ans et vous vingt-trois. Pour acti-

ver leur succès ils tiennent entre les mains beaucoup de fils; ils ont un pied encore dans les chemins où vous entrez, ils s'inquiètent de qui les
talonne, ils cherchent qui les appuie. Ils sont
encore flattés d'obliger.

« Pour user des personnes âgées et de ceux-ci,
faites-vous agréable, plaisez. Gardez de préten-
dre à quelque supériorité; le mérite ne suffit pas
à conquérir les plus honnêtes. Ayez souci d'approuver et non qu'on vous applaudisse. Il est
humiliant de flatter, mais dans l'âme la plus vulgaire vous trouverez, je vous assure, quelque
mérite réel à mettre en relief. Quête amusante,
d'ailleurs, où il ne faut qu'un peu d'ingéniosité.
Tenez encore pour certain que vos affaires ne
poignent pas plus les autres que les leurs ne vous
font, et que, si vous bornez votre rôle à écouter
chacun en tête-à-tête et à le révéler à soi-même,
on vous goûtera infiniment.

« A la faveur de cette inclination (et non plus
tôt, car celui qui prétend nous obliger dès le
premier jour souvent nous blesse et toujours se

déprécie), apparaissez utile. A aider autrui, bien que le tarif des voitures soit assez élevé à Paris, nul jamais ne se nuit. Pour la jalousie, étouffez-la minutieusement en vous, parce qu'elle torture et qu'elle naît de cette conviction, bonne pour des niais ou des indigents, qu'il est au monde quelque chose d'important.

« J'ajouterai et j'y appuye : Ne t'arrête jamais à mi-chemin dans ce jeu d'ambition. Réalise ou parais réaliser ta formule entière ; acquiers toute la gloire que tu t'es ouvertement proposée. Ceci est une nécessité : il ne s'agit plus seulement de te réjouir, en un coin de toi-même, de tes contenances savantes ; il s'agit d'être ou de ne pas être battu quand tu seras vieux.

« Pour moi, jeune homme, — il vida son verre et prit sa voix grave, — à cause qu'étant jeune j'eus des besoins d'expansion sur l'exégèse et la morale, je me vis contraint de pousser jusqu'à cette notoriété considérable où l'on m'honore. Je ne songeais guère à rire. J'avais dès mon départ avoué des buts trop hauts. Il me fallut y atteindre ou qu'on me bâtonnât. Aujourd'hui, ayant satisfait à ma formule, je salue et j'aime qui je veux, je souris et je m'attriste à mon plaisir ; tout le monde, et même des personnes convenables, raffolent de mes petits mouvements de tête, de mon grand mouchoir et des ironies, où j'excelle. Je dîne tous les soirs en ville avec des dames décolletées, un peu grasses, comme je les préfère, qui m'entreprennent sur la divinité, et avec des messieurs qui rient tout le temps par politesse. Voilà quelle belle chose est la notoriété ! Ah, jeune homme ! soyons optimistes ! »

Le vénérable M. X*** se prit à rire un peu lourdement, puis se leva et sur le talon, malgré sa corpulence, pirouetta : ce fut presque une gambade. Ensuite, excusez-moi, il porta les mains à son cœur, en ouvrant brusquement la bouche, comme un homme incommodé qui va vomir. D'un trait pourtant il vida son verre. Et, après un silence :

Oui, reprit-il, c'est le paradis, cette nouvelle

vision de la vie : les hommes convaincus qu'on
se crée ses désirs, ses incertitudes et son horizon, et acquérant chaque jour un doigté plus
exquis à vouloir des choses harmonieuses. —
Hélas ! il y aura toujours la maladie. — Oh!
je suis bien souffrant (et il appuyait son front
dans sa main, son coude sur la table). C'est
toujours l'extériorité qui nous oppresse. Mais
vivons en dedans. Soyons idéalistes... (Il s'es-
suyait le visage). A l'alcool qui n'est décidément qu'une vertu vulgaire, préférez la gloire,
jeune homme... (Il s'éventait avec le *Figaro*).
Elle te permettra tout au moins, sur le tard, de
donner des conseils, de te raconter, d'être affectueux et simple, car le grand idéaliste se plaît à
tresser chaque soir une parure de héros pour sa
patrie. — Mais buvons à ceux qui nous succé-
deront et qui, soit dit sans te rabaisser, produi-
ront des problèmes d'une complexité autrement
coquette que tes mélancolies, s'ils ajoutent au
vieux fonds de la nature humaine la curiosité et
la science de tous ces jeux que nous entrevoyons.
(Et le vieillard un peu chancelant se leva).

Mais j'abrège ce pénible incident. Le jeune homme, naïf, inculte ou piqué? ne sut comprendre l'agrément de cette philosophie, et poussé, je suppose, par un respect, peut-être héréditaire, pour l'impératif catégorique, il passa tout d'un trait les bornes même du pyrrhonisme qu'on lui enseignait: jusqu'à soudain administrer à ce vieillard compliqué une volée de coups de canne. Celui-ci s'affligea bruyamment, mais lui triomphait disant: « Eh bien! grattez l'ironiste, vous trouvez l'élégiaque. » Même il eût répliqué par les choses de la morale et de la métaphysique aux arguments de M. X***, si les garçons et le maître d'hôtel ne les avaient poussés dehors.

Et le peuple ricanait.

De ce jardin, véritable printemps de Paris, élégant et sec et plein de malaise, le jeune homme sortit fort énervé. Il élevait jusqu'à la haine de tout son mécontentement intime. Ardeur étrange et dont je le blâme, il eût volontiers consenti à la dynamite, car sa confiance

dans ce qu'il désirait s'écroulait, et au même
instant il revoyait toutes les déceptions et humiliations déjà amassées.

Après s'être ainsi meurtri, s'inquiétant d'avoir
battu le glorieux vieillard qui fait partout autorité, il cherchait une justification raisonnable à
cet accès injurieux de sensibilité. Et il disait :

« Si la gloire (académie, tribune française,
notoriété, Panama) n'est que cette combinaison
qu'il m'indiqua, pourquoi la respecterai-je?

S'il mentait, je fis bien de le châtier, car il
salissait un des premiers mobiles de la vertu
humaine.

Enfin s'il n'était qu'ivre, joueur de flûte ou
corybante, je ne l'endommageai guère, car les
os de l'ivrogne sont élastiques, nous enseigne la
science qui est une belle chose aussi. »

C'est ainsi que, tout à la fois trop grossier et trop sensible, il s'éloigna de cette prairie, la plus riante qu'ouvre ce siècle aux viveurs délicats. — En vain crut-il entendre la jeune fille qui soupirait derrière lui, c'était la plainte des lampes électriques se dévorant dans le soir, entre Paris et les étoiles.

CHAPITRE CINQUIÈME

CONCORDANCE

QUAND saint Georges a sauvé la vierge de Beryte et qu'il est près de l'épouser, Carpaccio a bien soin de la faire plus belle que dans les tableaux précédents. — Tout au contraire, la sentimentale, dont nous peignons les aventures, devient décidément peu séduisante dans ce

chapitre et sous ce ciel de Paris, où il semble qu'elle
eût pu s'accorder pleinement avec Lui.

Aussi Carpaccio, nous disent les historiens, fut
pleuré de ses concitoyens, et il jouit dans le ciel de la
béatitude éternelle. — Mais ici Lui s'agite; et le
désaccord s'accentue entre ses goûts mal définis et les
conditions de la vie.

L'imperfection des plus distingués, la niaiserie de
quelques notoires, le tapage d'un grand nombre lui
donnaient l'horreur de tous les spécialistes et la conviction que, s'il faut parfois se résigner à paraître fonc-
tionnaire, commerçant, soldat, artiste ou savant, il
convient de n'oublier jamais que ce sont là de tristes
infirmités, et que seules deux choses importent : 1° se
développer soi-même pour soi-même; 2° être bien
élevé. Principes auxquels il prêtait une excessive
importance.

DANDYSME

Et sa poitrine atténuée ne m'est plus
qu'une poitrine maigre.

ON cigare rougeoya soudain avec ce petit crépitement dont le souvenir désespère le dyspeptique à jamais privé de tabac ; une fumée se fondit vers le ciel : la couronne blanc cendré apparut.

Il espérait dans son fauteuil être tranquille et ne penser à rien, seulement, avant son troisième cigare, se distraire à feuilleter l'*Indicateur Chaix*.

— Ah ! dit-il, en rougissant un peu de dépit.

Elle s'était posée sur le bras d'un fauteuil, et, sans ôter son chapeau, déjà développait ce thème : J'ai des ennuis d'argent.

Il fut excessivement choqué de l'impudeur de ce propos; puis, résigné à revenir encore sur le passé, il parla, naturellement avec mélancolie :

— Votre parole, modeste jadis, m'était douce, madame; vous êtes née le même jour que moi; vous me permettiez de regarder dans votre cœur, comme au miroir qui conseillait ma vie. Nous étions deux enfants amis... Faut-il qu'aujourd'hui tes besoins vulgaires m'attristent?...

Mais elle l'interrompit, lui passant lestement sa main légère sur la figure...

— Des phrases pareilles, mon ami, sont encore le vocabulaire de l'amour sentimental; ce n'est pas ce bonheur-là que je sollicite aujourd'hui. Mon épicier, mon tailleur, mon cocher et tous fournisseurs ne me veulent parler que d'argent. C'est un vilain mot et seul tu saurais l'ennoblir.

Avec cette grâce dégagée qui subjuguait les

cœurs, elle lui tendit du papier timbré. Il le refusa gravement.

Elle eut un mouvement de violente impatience.

— L'argent! dit-elle. Que ce mot déchire enfin le voile usé de ton univers. Par l'argent, imagines-tu combien je serais belle? Lui seul peut me parer de la suprême élégance, de cette bienveillance qui sied aux jeunes femmes, de ces sourires hospitaliers, de cet art délicat qui est de flatter presque sincèrement, de tous ces charmes enfin qui flottent impalpables dans tes désirs. Ils sont en toi qui aspirent à être, qui te troublent, et que tu ignores. Combien d'images tremblantes sous tes soupirs, dont le sens se dérobera toujours à ta jeunesse, isolée dans son altière indigence, si la fortune ne me permet de les consolider!... De l'argent! Et ces bonheurs obscurs et magnifiques, je les déroulerai nettement sur ton horizon, comme si mon doigt, posé sur ta sensibilité, en avait trouvé le secret. C'est alors qu'intimidé par le cortège de ma beauté, dominé par ma séduction hautaine et qui pose le désir dans la prunelle de tous, tu ne te lasseras point de chercher ma bouche.

Elle remuait de menues anecdotes pour lui prouver quelle importance lui-même, dans sa médiocrité, il prêtait à la fortune. Elle disait :

— Celui-ci te manqua gravement ; tu le sus petit, jaunâtre et qu'il mangeait au Bouillon Duval ; dès lors ton mécontentement se dissipa. — Une belle fille, qu'un soir tu allais aimer, t'inspira de la répulsion, quand tu compris que réellement sa bouche avait faim. — Tu supportes, ton âme en frissonne, mais tu supportes (même ne les recherches-tu pas ?) les rudes familiarités d'un homme gras, bruyant et vulgaire, parce que considérable et secrétaire d'État.

Il n'aimait guère qu'on brusquât les convenances. Il rougit qu'elle lui jetât des opinions personnelles aussi crues. Mais, selon sa coutume, agrandissant son déplaisir par des considérations philosophiques, il répondit avec gravité :

— Cela me choque beaucoup, mon amie, que tu aies des certitudes. Je n'approuve ni ne blâme l'indépendance de tes observations; je regrette simplement que tu troubles mon hygiène spirituelle, car la mathématique des banquiers m'importune.

Elle, alors, s'émouvant et d'une douleur contagieuse :

— Je vois bien que tu ne veux plus m'aimer sous aucune forme, et pourtant, petite fille, je te consolais à l'aurore de ta vie, au fossé de ton premier chagrin. Te souviens-tu qu'ensuite je te fis presque aimer l'amour ? C'est encore sur mon reflet que tu dévidas tes sentiments choisis, quand tu me nommais Athéné ou Amaryllis, à cause de tes lectures !

— Ah! — dit-il en frissonnant, ramené par cette douceur à une vision de l'univers plus banale et coutumière, — je ne suis qu'un attaché de seconde classe aux *Affaires étrangères*, et les restaurants sont fort dispendieux... Ainsi, je dois aimer le beau et tous les dieux, sans chercher à les placer dans la poitrine fraîche des femmes.

— Mais sais-tu ce que tu négliges ?

Il craignit qu'elle ne recommençât la scène du chapitre II, et qu'elle se dévêtît. Elle ouvrit simplement la fenêtre tout au large :

De ce cinquième d'un numéro impair du boulevard Haussmann s'étendaient à l'infini les vagues de Paris, sombres, où sont enfouis les tapis de jeux éclatants, tachés d'or ; — les nappes, les bougies, les fruits énormes et délicats, dans les restaurants où l'on rit avec le malaise de désirer ; — les abandons, où la femme est jeune, dans des hôtels de tapisserie, de soie et silencieux ; — les immenses bibliothèques, où s'alignent à perte de vue ces choses, si belles et qui font trembler de joie, cinq cent mille volumes bien catalogués ; — les musiques qui nous modèlent l'âme et nous font le plaisir de tout sentir, depuis les héroïsmes jusqu'aux émotions les plus viles, tandis qu'immobiles nous sommes convenables dans notre cravate blanche ; — les salons tièdes et fleuris, où, à cinq heures, nous causons finement avec trois dames et un monsieur, qui sourient et se regardent et nous admirent, tandis qu'avec aisance nous buvons une tasse de thé, et que, sans crainte, nous allongeons la jambe, ayant des chaussettes de soie très-soignées; — puis des rues plates et solitaires et sèches, où des voitures rapides nous emportent vers des affaires, dont il est amusant de débrouiller, avec une petite fièvre, la complexité.

Rumeur troublante sous ce ciel profond! vie facile! Là enfin, il se dessaisirait de s'épier sans trêve; et toutefois, fréquentant mille sociétés différentes, il ne connaîtrait personne en quelque sorte; il serait pour tous également aimable, et aucun ne le meurtrirait.

Son cœur se gonflait d'envie et d'une enivrante mélancolie, mais soudain il songea qu'il pensait à peu près comme les jeunes gens de brasserie et autres Rastignacs. Et un flot d'âcreté le pénétra. « Désormais, dit-il, je ne prendrai plus en grâce les prières, les sourires et autres lieux-communs. Je n'y trouvai jamais que des visions vulgaires. »

Et (toujours accoudé devant Paris) sa pensée

se mit à courir sans relâche hors de cette immense plaine où campent les Barbares.

Alors il se trouva penché sur son propre univers, et il vaguait parmi ses pensées indécises. Il se rappelait qu'à la petite fenêtre d'Ostie qui donnait sur le jardin et sur les vagues (ce fut une des heures les plus touchantes de l'esprit humain que ce soir de la triste plage italienne), Augustin et Monique, sa mère, qui mourut des fièvres cinq jours après, s'entretinrent de ce que sera la vie bienheureuse, la vie que l'œil n'a point vue, que l'oreille n'a pas entendue, et que le cœur de l'homme ne conçoit pas. Avec une intensité aiguë, il entrevit qu'il n'avait, lui, rien à chercher, et que seul le vide de sa pensée sans trêve lui battait dans la tête.

— Mais, lui dit-elle, réapparaissant comme une idée obsédante qui traverse nos méditations, ne t'ai-je pas envoyé M. X...? Ses opinions

sont la formule exacte de ce que conseille mon
sourire obscur; il est le dictionnaire du langage que tiennent mes gestes à l'univers. Puisque
tu naquis ailleurs, il devait te préparer à ma
venue, te commenter le nouveau rêve de la vie,
qui, par moi, doit naître en toi.

Le jeune homme, la fenêtre fermée, s'assit, baissa un peu l'abat-jour car la lumière blessait ses yeux, puis il s'expliqua posément.

— Veuillez, madame, m'écouter. M. X..., dont je ne conteste ni les séductions, ni la logique délicieuse, m'installait dans un univers à l'usage des fils de banquiers. Il bornait mon horizon à ces apparences que, pour la facilité des relations mondaines ou commerciales, tous les Parisiens admettent, et dont les journaux à quinze centimes nous tracent chaque matin la géographie.

Cette conception de l'existence qui n'est en somme que l'hypothèse la plus répandue, c'est-à-dire la plus accessible à toutes les intelligences, il me condamnait à la tenir pour la règle certaine et m'engageait à n'y pas croire à part moi. Limite exactement ton âme à des idées, des sentiments, des espoirs fixés par le suffrage univer-

sel, me disait-il, mais quand tu es seul ne te
prive pas d'en rire.

Puis dans ce monde ainsi réglé il me chercha
un but de vie. Comme il avait surpris, parmi
tant de susceptibilités qui s'inquiètent en moi,
un désir d'être différent et indépendant, il me
proposa la domination. Grossière psychologie !

J'eus tort de m'emporter. Ce rôle qu'il me
proposait, si déplaisant, était du moins composé
par un homme de goût. Plus apaisé, je reconnais qu'avec de bien légères retouches le palais
qu'il offrait à mes rêves me paraîtrait assez
coquet, — si l'horizon, hélas ! n'en était irrémé-
diablement vulgaire.

La gloire ou notoriété flatteuse est uniquement, me disait-il, une certaine opinion que les
autres prennent de nous, sous prétexte que nous
sommes riches, artistes, vertueux, savants, etc. —
Pour moi, j'entrevois la possibilité de modifier
la cote des valeurs humaines et d'exalter par-
dessus toutes un pouvoir sans nom, vraiment
fait de rien du tout. Ainsi la gloire toute rajeunie
deviendrait peu fatigante.

8.

C'est une rude chose, en effet, que de se faire tenir pour spécialiste, à la mode d'aujourd'hui ! Le soir, devisant avec un ami sur le mail en province, ou s'exaltant vers minuit dans la tabagie solitaire de Montmartre, la complexité des intrigues, les étapes d'où l'on voit chaque semaine le chemin parcouru s'allonger, les journées décisives, les victoires, les échecs même, tout cela paraît gai, ennobli de fièvre et d'imprévu ; mais, en fait, il faut diner avec des imbéciles ; on prend des rendez-vous par milliers pour ne rien dire ; on entretient ses relations ! On épie toujours le facteur ; on s'amasse un passé écœurant, et le présent ne change jamais. Et je t'en parle sciemment ; pendant trois mois j'ai connu l'ambition, j'ai demandé des lettres pour celui-ci et pour celle-là, et l'on me vit, qui méditais dans des antichambres les romans de Balzac avec la vie de Napoléon.

O gloire ! voilà les épreuves par où l'on t'approche, maintenant que tu ne t'abandonnes qu'au vainqueur heureux t'apportant fortune, science ou quelque talent ! Quel repos n'aurai-je pas donné à tes amants, si je leur enseigne à te conquérir *avec rien du tout.*

Pour faire avec rien de la notoriété, il vous faut d'abord une opinion pleinement avantageuse de vous-même :

Mettez donc dans votre mémoire une exacte appréciation des caractères que chaque spécialiste se propose de séduire ; joignez-y un relevé des qualités qu'il leur faut, plus la liste des adresses où l'on se procure ces qualités, avec le temps et l'argent qu'elles coûtent ; agitez le tout avec vos pensées, vos espoirs, vos sentiments familiers ; laissez reposer, — votre opinion est faite.

N'y touchez pas. Elle vous pénètre lentement, elle dépose dans votre âme la conviction qu'il n'est rien de merveilleux dans les plus belles réussites du monde, et qu'ainsi vous atteindriez où il vous plairait. Dès lors les hommes vous paraissent des agités, qui tâtonnent dans une obscurité où tout vous est net et lumineux.

Peu à peu cette fatuité intime exsude ; elle adoucit et transforme vos attitudes ; comme une vapeur, elle vous baigne d'une atmosphère spéciale ; cette confiance superbe que vous respirez subjugue, dès l'abord, les timides et les incertains. Les forts se cabrent, puis affectent de vous ignorer, puis vous contestent ; mais des enterrements les font monter au grade qui vous élèvent aussi, vous, objet de leurs soucis. Pour mieux accabler leurs émules qui les pressent, ils imaginent de vous attirer ; ils respectent, admettent, consacrent enfin votre fatuité. Vous pensez bien que la foule les suit.

Alors si vous avez évité avec soin d'exceller en quoi que ce soit, d'être raffiné de parure et de savoir-vivre, ou simplement d'être à la mode, si l'on ne peut vous déclarer un Brummel, un don Juan, un viveur, non plus qu'un Rothschild, un Lesseps ou un Pasteur, votre supériorité demeure incomparable, puisque, faite de rien, elle n'est limitée par aucune définition.

Et vraiment, madame, j'admire assez ce plan de vie, où m'eût conduit M. X... pour regretter de ne pouvoir m'y plaire.

Mais je suis tout ensemble un maître de danse et sa première danseuse. Ce pas du dandysme intellectuel, si piquant par l'extrême simplicité des moyens, ne saurait satisfaire pleinement une double vie d'action et de pensée.

Tandis qu'applaudirait le public, moi qui bats la mesure et moi la ballerine, n'aurai-je pas honte du signe misérable que j'écrirais ? C'est trop peu de borner son orgueil à l'approbation d'une plèbe. Laisse ces Barbares participer les uns des autres.

Qu'on le classe vulgaire ou d'élite, chacun hors moi n'est que barbare. A vouloir me comprendre, les plus subtils et bienveillants ne peuvent que tâtonner, dénaturer, ricaner, s'attrister, me déformer enfin, comme de grossiers dévastateurs, auprès de la tendresse, des restrictions, de la souplesse, de l'amour enfin que je prodigue à cultiver les délicates nuances de mon moi. Et c'est à ces barbares que je céderais le soin de me créer chaque matin, puisque je dépendrais de leur opinion quotidienne ! Petit philosophe, s'il imagine que cette risible vie m'allait séduire !

Mon esprit, qui ne s'émeut que pour bannir les visions fausses, se retrouve, après ces beaux raisonnements stériles, en face du vide. J'ai du moins gagné une lumière sur moi-même; j'ai compris que rien n'est plus risible que la forme de ma sensibilité, c'est-à-dire les dialogues où, toi et moi, nous nous dépensons. Respectons dorénavant les adjectifs de la majorité. Nous allions dans un tel appareil et sur un rhythme si touchant qu'avec les âmes les plus neuves nous paraissions les pastiches des bonshommes de jadis. Descends de ta pendule pour voir l'heure!

Ma bien aimée, jamais je n'oserai relire les quatre chapitres précédents; c'est le plus net résultat de l'éducation de Paris. J'ignore quel univers me bâtir, mais je rougis de mon passé mélancolique. — Et voilà pourquoi, madame, je désire que vous cessiez d'exister, et je retire de dessous vous mon désir, qui vous soutenait sur le néant.

Ces paroles judicieuses où vibrait une nuance
amère, nouvelle en lui, n'étaient qu'un jargon
pédant pour une créature aussi dénuée de métaphysique que cette amoureuse. Elle y trouva le
temps de reprendre empire sur soi-même ; elle se
souvint des convenances. Quand il parlait de
dandysme et de s'imposer à la mode, elle approuvait avec un sérieux exagéré et de petits coups
d'œil sur les grands murs nus ; quand il conclut
sur le néant de ses recherches, elle trouva un
sourire mélancolique comme une page de *l'Eau
de Jouvence.*

Puis quels que fussent ses sentiments inté-
rieurs, avec une audace merveilleuse, elle fut
gaie et agaçante jusqu'à dire, soudain trans-
formée :

— Si tu veux, j'ai vingt-trois ans et j'habite le

quartier de l'Europe et je te verrai deux fois par semaine.

Il marchait dans la chambre à grands pas, irrésolu, les deux mains enfoncées dans son large pantalon. Avec un joli sourire, un peu embarrassé, presque timide, il répondit.

— Oui, je ne dis pas que nous ne nous verrons plus. Envoie-moi ton adresse. Mais faut-il y penser à l'avance, et précisément à l'heure de la journée où je suis le plus capable d'atteindre à l'enthousiasme et par suite à la vérité?

La jeune femme se leva; elle estimait que la scène devenait un peu excessive et sa nouvelle nature sentait le petit froid du ridicule. Elle lui rendit son léger sourire de moquerie ou de simplicité pour qu'il l'embrassât.

Mais lui, avec rapidité, comprenant la situation et qu'il n'avait plus le droit d'être de Genève:

— Sans doute, dit-il, ce que nous faisons est assez particulier; mais serait-ce la peine d'avoir là tant de volumes à 7,50 pour aimer comme tout le monde?

CHAPITRE SIXIÈME

CONCORDANCE

ENDANT *six mois* il fut à son affaire.
Il prit des apéritifs avec des publicistes,
s'inclina et sourit devant trois ministres,
même il s'exerça sur trois jeunes gens à manier les
hommes. C'est pourquoi des personnes bienveillantes
disaient au moment du cigare : « Hé, voilà que ce

jeune homme se fait sa place au soleil. » Ce que l'on nomme encore : il se pousse.

Et quoiqu'il n'eût qu'à se louer de tout le monde et de soi-même, son horreur pour ces contacts était chaque jour plus nerveuse. Peut-être aussi se surchargeait-il, étant attaché aux affaires étrangères, secrétaire d'un sous-secrétaire d'État, avec d'autres broutilles.

EXTASE

Qu'on me rende mon moi !
MICHELET.

A cette époque, pour quelque besogne, une enquête sans doute, il fut à Bicêtre. Et dans la verdure d'un parc immense, par une belle matinée de soleil, il vit les fous joyeux et affairés, qu'un professeur, vieux maître décoré, et des jeunes gens sérieux et simples interrogeaient discrètement et toujours approuvaient.

Le jeune homme était las : fatigué de cette course matinale et humilié de sa besogne préten-

tieuse. Ce palais de plein air, cette imprévue
hospitalité où, dans un cadre parfait, dans une
exquise régularité de confort, ces hommes, *si
différents* cependant, suivaient leur rêve et se con-
struisaient des univers, l'émurent. Il les voyait, ces
idéalistes, se promener en liberté, à l'écart, fronts
sérieux, mains derrière le dos, s'arrêtant parfois
pour saisir une impression. Nul ne raillait leur
stérile activité, nul ne les faisait rougir; leurs
âmes vagabondaient, et vêtus de vêtements
amples, ils laissaient aller leurs gestes.

Isolé dans ce délicieux séjour, tandis que personne ne daignait s'intéresser à lui, sinon d'un
œil interrogateur et dédaigneux, il fit un retour
sur lui-même poussiéreux, incertain du lendemain, hâtif et n'ayant pas trouvé son atmosphère...

De ces nobles préaux où une sage hygiène
prend soin de ces rêveurs, il sortit bras ballants,
éreinté par le soleil de midi, sans voiture, sans
restaurants voisins, convaincu des difficultés

inouïes qu'on rencontre à vivre au plus épais des
hommes.

Tout le jour, dans les intervalles de sa misérable besogne, il revit la douce image de ces
jeunes gens de Platon se promenant, se reposant,
se réjouissant soudain à cause d'un geste obscur
qui se lève en leur âme, et toujours penchés sur
le nuage qu'a soulevé en eux quelque grande
idée tombée de Dieu.

Que dites-vous? qu'il avait mal vu? N'importe? C'est cette vision, inexacte peut-être,
qu'il s'attriste de ne pouvoir vivre. Sous les
feuillages un peu bruissants, se coucher, rêver,
ne pas prévoir, ne plus connaître personne, et
cependant que soit machiné avec précision le
décor de la vie : manger, dormir, avoir chaud
et regarder sous des arbres des eaux courantes.

Au soir, nourriture et besogne accomplies, le
long des rues poussiéreuses où le jour trop sali

devient noir, parmi la foule gesticulante et qui
cagne, vers son appartement quelconque, il ser-
penta.

Sur les horribles boulevards, comme il flairait,
pour leur échapper, les bruyants et les ressasseurs,
il aperçut, pareille à sa marche, la fuite grêle d'un
avec qui volontiers, des nuits entières, il avait
théorisé. Celui-là tient toute affirmation pour le
propre des pédants et n'en use que pour des effets
de pittoresque. Il est incapable de convenu et,
quand il est soi, ne trouve jamais ridicules les
choses sincères.

Il l'abordait d'un premier élan, plein d'une
délectation fébrile à l'idée que, dans un coin,
tout bas, l'un et l'autre, ils allaient longuement
et pour rien :

1. — Insulter la société, les hommes et surtout les idées.

2. — Se rouler soi-même et leur sotte existence dans la boue.

Pourquoi celui-ci lui dit-il, avec une chaleur
feinte et un air pressé, d'une voix humble où

vibrait une nuance amère : « Ah ! vous voilà un grand homme, maintenant... mais si... mais si... » Et le ton de cette phrase était difficile à rendre. Pourquoi celui-ci se tournait-il contre lui ? Pourquoi ne pouvaient-ils plus s'entendre ? Il n'eut pas la force de paraître indifférent. Mais il s'abandonnait, car son cœur et jusque la salive de sa bouche étaient malades, son avenir dégoûtant et son passé plein d'humiliation.

Harassé, affaibli de sueurs, il monte l'escalier presque en courant. Il ferme les persiennes, allume sa lampe et rapidement jette dans un coin ses vêtements pour enfiler un large pantalon, un veston de velours, puis rentré dans son cabinet, dans son fauteuil, dans l'atmosphère familière :

— Enfin, dit-il, je vais m'embêter à mon soûl tranquillement.

Un petit rire nerveux de soulagement le secoue, tant il avait besoin de cette solitude. Il se renverse, il cache son visage dans ses mains. Deux, trois fois et sans qu'il s'entende, la même interjection lui échappe. Il a dans sa gorge l'étranglement des sanglots. Il n'ose pas même regarder sa situation et l'avenir. Il s'abandonne à ses imaginations,—et toutes idées l'envahissent.

Et d'abord le désir, le besoin presque maladif
d'oublier les gens, ceux surtout qui sont quelque
part des chefs et qui se barricadent de dédain ou
de protection.

J'oublierai aussi les événements, haïssables
parce qu'ils limitent; (et cependant si j'étais bon
et simple, avec l'énergie un peu grossière des
héros, je pourrais remonter cette tourbe des conseils, des exemples, des prudences et toutes ces
mesquineries où je dérive).

Je veux échapper encore à tous ces livres, à
tous ces problèmes, à toutes ces solutions. Toute
chose précise et définie, que ce soit une question
ou une réponse, la première étape ou la limite
de la connaissance, se réduit en dernière analyse
à quelque dérisoire banalité. Ces chefs-d'œuvre
tant vantés, comme aussi l'immense délayage des
papiers nouveaux, ne laissent, après qu'on les a
pressés mot par mot, que de maigres affirmations
juxtaposées, cent fois discutées, insipides et
sèches. Je n'y trouvai jamais qu'un prétexte à

m'échauffer; quelques-uns marquent l'instant où
telle image s'éveilla en moi. Anecdotes rétré-
cies, tableaux fragmentaires d'après lesquels je
crois plier mon émotion, moi qui suis le principe
et l'universalité des choses.

Quelque filet d'idées que je veuille remonter,
fatalement je reviens à moi-même. Je suis la
source. Ils tiennent de moi qui les lis, tous ces
livres, leur philosophie, leur drame, leur rire,
l'exactitude même de leurs nomenclatures.
Simples casiers où je classe grossièrement les
notions que j'ai sur moi-même! Leurs titres
admis de tous servent d'étiquettes sottement
précises à diverses parties de mon appétit. Nous
disons Hamlet, Valmont, Adolphe, Domi-
nique, et cela facilite la conversation. Ainsi en
pleine pâte, à l'emporte-pièce, on découpe des
étoiles, les signes du zodiaque et cent petites
images de l'univers, délicieuses pour le potage et
qui facilitent aux enfants la cosmographie; mais
tout ce firmament dans une assiette éclaire-t-il
le ciel inconnaissable et qui nous trouble?

Il alluma un cigare énorme, noir et sableux.
Et il contemplait les associations d'idées qui
s'amassaient des lointains de sa mémoire pour
lui bâtir son univers.

... Déjà les murs avec leur tapisserie de livres
secs, jaunes, verts, souillés, trop connus, ont
disparu. Plus rien qu'une masse profonde de
pensées qui baignent son âme, aussi réelles,
quoique insaisissables, que le parfum répandu
dans tout notre être par le seul souvenir d'une
femme et que nous ne saurions préciser. Des
bouffées d'imagination indéfinies et puissantes le
remplissent : désirs d'idées, appétits de savoir,
émotions de comprendre ; il en est ivre comme
de la pleine fumée presque pâteuse de son cigare.
Il halète de tout embrasser, s'assimiler, harmo-
niser. Son mécanisme de tête puissamment
échauffé ne s'arrête pas à se renseigner, à dé-
duire, à distinguer, à rapprocher ; son regard
n'est tendu vers rien de relatif, de singulier, —

c'est toute besogne de fabricant de dictionnaire.
Il aspire à l'absolu. Il se sent devenir l'idée de
l'idée; ainsi dans le monde sentimental le moment
suprême est l'amour de l'amour : aimer sans
objet, aimer à aimer.

Cependant une fois encore, dans cette atmosphère de son moi, là-bas sur l'horizon de cet
univers volontaire qui n'est que son âme dérou-
lée à l'infini, il devine la jeune femme ou plutôt
le lieu où jadis elle lui apparut; — parfois dans
un éclair de recueillement nous retrouvons les
longs chagrins qui nous faisaient pleurer. Jadis
c'était une acuité profonde; tout l'être transpercé.
Aujourd'hui, une notion, une froide chose de
mémoire.

Cette femme, ce moment pleureur de sa vie,
belle et rose et qu'encensaient ces fleurs cour-
bées, la tendresse et la volupté, jadis le troubla
jusqu'au deuil. Puis elle apparut, subtile et rail-
leuse, dans un décor de tentations délicates;
elle me soufflait les hardiesses qui domptent les
hommes. Mais le soir, assis près d'elle et me

rongeant l'esprit, je l'ai salie à la discuter. — Et
il bâille devant cette fade et perpétuelle reve-
nante, sa sentimentalité.

Tu fus le précurseur, songe-t-il, tu me rendis
attentif à ce fluide et profond univers qui s'étend
derrière les minutes et les faits. Mais pourquoi
plus longtemps nommer femme mon désir? Je
ne goûtai de plaisir par toi qu'à mes heures de
bonne santé et d'irréflexion; gaîté bien furtive
puisqu'il n'en reste rien sur ces pages! C'est
quand tu m'abandonnais que je connus la faiblesse délicieuse de soupirer. Mon rêve solitaire
fut fécond, il m'a donné la mollesse amoureuse
et les larmes. D'ailleurs tu *compares* et tu *envies*,
ainsi tu autorises les accidents, les apparences et
toutes les petitesses de l'ambition à nous préoc-
cuper. Je ne veux plus te rêver et tu ne m'ap-
paraîtras plus. J'entends vivre avec la partie de
moi-même qui est intacte des basses besognes.

Alors dans la fumée, loin du bruit de la vie,

quittant les événements et toutes ces mortifica-
tions, le jeune homme sortit du sensible. Devant
lui fuyait cette vie étroite pour laquelle on a pu
créer un vocabulaire. Un amas de rêves, de
nuances, de délicatesses sans nom et qui s'en-
foncent à l'infini, tourbillonnent autour de lui :
monde nouveau, où sont inconnus les buts et
les causes, où sont tranchés ces mille liens qui
nous rattachent pour souffrir aux hommes et aux
choses, où le drame même qui se joue en notre
tête ne nous est plus qu'un spectacle.

Quand, porté par l'enthousiasme, il rentrait
ainsi dans son royaume, qu'auraient-ils dit de
cette transfiguration, ses familiers, qui toujours
le virent vêtu de complaisance, de médiocres
ambitions, de futilités et s'énervant à des plai-
santeries de café-concert. Au jour les besognes
chasseront de son cœur ces influences sublimes.
Qu'importe ! Cette nuit célèbre la résurrection
de son âme ; il est soi, il est le passage où se
pressent les images et les idées. Sous ce défilé
solennel il frissonne d'une petite fièvre, d'un
tremblement de hâte : vivra-t-il assez pour sen-

tir, penser, essayer tout ce qui l'émeut dans les
peuples, le long des siècles !

Il se rejette en arrière pour aspirer une bouffée
de tabac, et sa pensée soudain se divise; et tandis qu'une partie de soi toujours se glorifiait,
l'autre contemplait le monde.

Il se penchait du haut d'une tour comme d'un
temple sur la vie. Il y voyait grouiller les barbares, il tremblait à l'idée de descendre parmi
eux ; ce lui était une répulsion et une timidité,
avec une angoisse. En même temps il les méprisait. Il reconnaissait quelques-uns d'entre eux ;
il distinguait leur large sourire blessant, cette
vigueur et cette turbulence.

Nous sommes les Barbares, chantent-ils en se
tenant par le bras, nous sommes les convaincus.
Nous avons donné à chaque chose son nom ;
nous savons quand il convient de rire et d'être
sérieux. Nous sommes sourds et bien nourris, et
nous plaisons — car de cela encore nous sommes
jugés, étant bruyants. Nous avons au fond de
nos poches la considération, la patrie et toutes

les places. Nous avons créé la notion du ridicule
(contre ceux qui sont *différents*), et le type du
bon garçon (tant la profondeur de notre âme
est admirable).

— Ah! songeait-il, se mettant en marche, tout
en flambant son quatrième cigare, petite chose
le plus triomphant de ces repus! Oui, je me sens
le frère trébuchant des âmes fières qui se gardent
à l'écart une vision singulière du monde. Les
choses basses peuvent limiter de toutes parts ma
vie, je ne veux point participer de leur médiocrité. Je me reconnais; je suis toutes les imaginations et prince des univers que je puis évoquer
ici par trois idées associées. Que toutes les forces
de mon orgueil rentrent en mon âme. Et que
cette âme dédaigneuse secoue la sueur dont l'a
souillée un indigne labeur. Qu'elle soit bondis-
sante. J'avais hâte de cette nuit, ô mon bien
aimé, ô moi, pour redevenir un dieu.

— Mon pauvre ami, que pensez-vous donc de
jouer ainsi les jeunes dieux! Hier vous parûtes

encore un enfant; vos reins s'étaient courbaturés
pendant que vous interrogiez les contradictions
des penseurs; à l'aube, on vous a vu la peau
fripée et dans les yeux de légères fébrilles
rouges après des expériences sentimentales.

— Qu'importe mon corps! Démence que
d'interroger ce jouet! Il n'est rien de commun
entre ce produit médiocre de mes fournisseurs et
mon âme où j'ai mis ma tendresse. Et quelque
bévue où ce corps me compromette, c'est à lui
d'en rougir devant moi.

— Mon pauvre ami, que pensez-vous donc?
Vos idées, votre âme enfin, cinquante que vous
connaissez les possédèrent et les ont exprimées
avec des mots délicieux. Sachez donc que, n'étant
pas neuf, vous paraissez encore sec, essoufflé,
fiévreux; qui donc pensez-vous charmer?

— Mes pensées, mon âme, que m'importe!
Je sais en quelle estime tenir ces représentations
imparfaites de mon moi, ces images fragmentaires et furtives où vous prétendez me juger.
Moi qui suis la loi des choses et par qui elles existent dans leurs différences et dans leur unité,

pouvez-vous croire que je me confonde avec mon corps, avec mes pensées, avec mes actes, toutes vapeurs grossières qui s'élèvent de vos sens quand vous me regardez !

Il serait beau, dites-vous, d'être le petit-fils d'une race qui commanda, et l'aïeul d'une lignée de penseurs ; — il serait beau que mon corps offrît l'opulence des magnifiques de Venise, la grande allure de Van-Dyck, la morgue de Velasquez ; — il serait beau de satisfaire pleinement ma sensibilité contre une sensibilité pareille, et qu'en cette rare union l'estime et la volupté ne fussent pas séparées. Misères, tout cela ! Fragments éparpillés du bon et du beau ! Je sais que je vous apparais intelligent, trop jeune, obscur et pas vigoureux ; en vérité, je ne suis pas cela, mais simplement j'y habite. J'existe, essence immuable et insaisissable, derrière ce corps, derrière ces pensées, derrière ces actes que vous me reprochez ; je forme et déforme l'univers, et rien n'existe que je sois tenté d'adorer.

Je me désintéresse de tout ce qui sort de moi. Je n'en suis pas plus responsable que du ciel de mon pays, des maladies de la chose agraire et de la dépopulation.

Après quoi si l'on me dit : « Prouvez-vous donc, témoignez que vous êtes un Dieu. » Je m'indigne et je réponds : « Quoi ! comme les autres ! me définir, c'est-à-dire me limiter ! me refléter dans des intelligences qui me déformeront selon leurs courbes ! Et quel parterre m'avez-vous préparé ? Ma tâche, puisque mon plaisir m'y engage, est de me conserver intact. Je m'en tiens à dégager mon moi des alluvions qu'y rejette sans cesse le fleuve immonde des barbares. »

Ainsi se retrouvait-il, façonné selon son désir.

Et peu à peu l'amertume mêlée à ce tourbillon de pensées se fondait. Abandonné dans un fauteuil, les pieds sur le marbre de la cheminée parmi les paperasses, immobile ou bien ayant des gestes lents comme s'il maniait des objets explosifs, il tenait son regard tendu sur ces idées qui ne se révèlent que dans un éclair. La solen-

nité et la profondeur de son émotion semblaient
emplir la chambre comme un chœur. Son ivresse
n'était pas de magnificence et d'isolement sur le
grand canal au pied des palais de Venise ; elle ne
venait pas non plus portée, sous un ciel bas, par
un vent âpre, sur la bruyère immense de l'océan
breton ; mais entre ces murs nus et désespérants,
ses moindres pensées prenaient une intensité pous-
sée jusqu'à un degré prodigieux. Il s'enfonçait
avec passion à en contempler en lui l'involontaire
et grandiose procession... Plénitude, sincérité
d'ardeur, que ne peut vous faire sentir l'analyse.

Porté sur ce fleuve énorme de pensées qui
coule resserré entre le coucher du soleil et l'aube,
il lui semblait que, désormais débordant cet
étroit canal d'une nuit, le fleuve allait se répandre et l'emporter lui-même sur tout le champ de
la vie. Délices de comprendre, de se développer,
de vibrer, de faire l'harmonie entre soi et le
monde, de se remplir d'images indéfinies et pro-
fondes : beaux yeux qu'on voit au dedans de
soi pleins de passions, de science et d'ironie, et
qui nous grisent en se défendant, et qui de leur

secret disent seulement : « Nous sommes de la
même race que toi, ardents et découragés. »

Et ce ne sont pas là les pensées familières,
les chères pensées domestiques, de flânerie ou
d'étude, que l'on protège, que l'on réchauffe,
qu'on voit grandir. A celles-là, le soir, comme
à des amoureuses nous parlons sur l'oreiller ;
nous leur ajoutons un argument, comme une
fleur dans les cheveux ; elles sont notre compagne et notre coquetterie, et nous enlevons
d'elles la moindre poussière d'imperfection. Bonheur paisible ! mais dans leurs bras j'entends
encore le monde qui frappe aux vitres. Et puis,
trop souvent, cette angoisse terrible : « Sont-elles
bonnes ? et leur beauté ? » Un nuage passe :
« D'autres les ont possédées ; demain elles me pa-
raîtront peut-être froides, vides, banales. » Ah !
cette sécheresse ! ces harassements de reprendre,
à froid et d'une âme retrécie, des théories qui
hier m'échauffaient ! Ah ! presser une imagination, systématiser, synthétiser, éliminer, affiner,
comparer ! besogne d'écœurement ! dégoût ! d'où

l'on atteint la stérilité. Et devant cet amas de
rêves gâchés, le cerveau fourbu demeure toujours, affamé jusqu'au désespoir et ne trouvant
plus rien, plus une rognure de système à barat-
ter. — Vraiment, je me soucie peu de connaître encore ces angoisses.

Ce que j'aime et qui m'enthousiasme, c'est de
créer. En cet instant je suis une fonction. O bonheur! ivresse! je crée. Quoi? Peu importe;
tout. L'univers me pénètre et se développe et
s'harmonise en moi. Pourquoi m'inquiéter que
ces pensées soient vraies, justes, grandes? Leurs
épithètes varient selon les êtres qui les consi-
dèrent; et moi, je suis tous les êtres. Je frissonne de joie, et, comme la mère qui palpite d'un
monde, j'ignore ce qui naît en moi.

Lourds soirs d'été, quand sorti de la ville
odieuse, pleine de buée, de sueur et de gesticu-
lations, j'allais seul dans la campagne et, couché
sur l'herbe jusqu'au train de minuit, je sentais,
je voyais, j'étais enivré jusqu'à la migraine d'un
défilé sensuel d'images faites de grands paysages

d'eau, d'immobilité et de santé dolente, doucement consolée parmi d'immenses solitudes bruta-
lisées d'air salin. — Ainsi dans cette chambre
sèche roulait en moi tout un univers, âpre et
solennisé.

Comme il se promenait dans l'appartement à demi obscur, parlant tout haut et par saccades et gesticulant, il heurta ses bottines jetées là négligemment, avec la hâte de sa rentrée, et soudain il se rappela qu'il devait passer chez son cordonnier, puisqu'à midi recommencerait son labeur. Déjà sonnaient trois heures du matin; un découragement épouvantable l'envahit : il fallait maintenant tâcher de dormir jusqu'à l'heure de rentrer dans la cohue, parmi les gens. Pour rafraîchir l'atmosphère enfiévrée, il ouvrit sur l'énorme Paris, qui, repu, lui sembla se préparer au lendemain. Il se dévêtit avec ce calme presque somnambulique qui naît, après une violente surexcitation, de la certitude de l'irrémédiable. Et longtemps avant de s'endormir il se répétait, en la grossissant à chaque fois, l'horreur de la vie qu'il subissait. Son sommeil fut agité et par

tronçons, à cause qu'il avait trop fumé : « Nous
autres analyseurs, songeait-il, rien qui se passe
en nous ne nous échappe. Je vois distinctement
de petits morceaux de rosbif qui bataillent,
hideux et rouges, dans mon tube digestif. » Et,
le corps fourmillant, il pliait et repliait ses
oreillers pour élever sa tête brûlante.

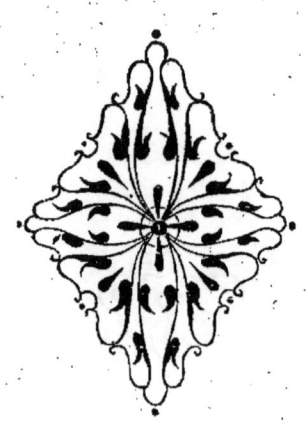

CHAPITRE SEPTIÈME

CONCORDANCE

E longs *affaissements alternaient avec ces surexcitations, mais son anxiété, parfois adoucie, jamais ne s'apaisait.*

Certes il ne prétendait son dégoût universel justifié que contre l'espèce ; il reconnaissait qu'appliqué à l'individu sa méfiance avait souvent tort, car les

caractères spécifiques se témoignent chez chacun dans des proportions variables.

Seulement il était craintif de toute société.

Certes il estimait que sa vie, pour ceci et cela, pouvait paraître enviable; — mais il méprisait les âmes médiocres qui peuvent se satisfaire pleinement.

C'est malgré lui qu'il manifestait avec cette violence le fond de sa nature que nous avons vu se former par cinq années d'efforts, deux hors du monde, trois à Paris. Silencieux et affaissé il cachait le plus possible ses sentiments, mais la meilleure réfutation qu'il leur connût consistait en un long bain vers dix heures du soir et une préparation de chloral.

AFFAISSEMENT

C'ÉTAIT sur le bois de Boulogne le ciel bas et voilé des chansons bretonnes. Il revint doucement, en voiture, sur le pavé de bois, un peu grisé du luxe abondant des équipages, et satisfait de n'avoir aucun labeur pour cette soirée ni le lendemain. Il dîna sans énervement, dans un endroit paisible et frais, servi par un garçon incolore. Il n'eut pas conscience des phénomènes de la digestion, et attablé devant le café élégant et désert d'une silencieuse avenue, il goûta sans importuns le léger échauffement des

vingt minutes qui suivent un sage repas. Dans le
soir tombant, un peu froid pour faire plus agréable
son londrès blond parfaitement allumé, il contemplait de vagues métaphysiques, charmantes
et qu'il ne savait trop distinguer des fines et
rapides jeunes filles s'échappant à cette heure de
leurs ateliers ingénieux de couture. Étaient-elles
dans son âme, ou les voyait-il réellement sous
ses yeux? pour qu'il prît souci de l'éclairer, cet
affaissement rêveur était trop doux.

Bientôt, mortifié des durs bâtons de sa chaise,
il se leva et dut se choisir une occupation, un
lieu où il eût sa raison d'être ce soir dans cet
océan mesquin de Paris.

... A dix minutes de marche, il sait un endroit
certainement plein de camarades. On arrive, on
est surpris et illuminé de se revoir; on se serre
cordialement la main, chacun selon son tic (deux
doigts avec nonchalance, ou cordialement *en
camarade loyal*, ou d'une main humide, ou sans
lever les yeux *à l'homme préoccupé*, ou en disant:

mon vieux). Puis quoi! les bavardages connus, les doléances, de petites envies. Auprès de ces braves gaillards, identiques hier et demain, je n'irai pas risquer ma quiétude. Tandis que les muscles de leurs visages et les secrètes transitions de leurs discours révèlent qu'ils mettent leur honneur et leur joie dans les médiocres sommes et faveurs où ils se hissent, ils n'arrêtent pas de stigmatiser, avec emportement et naïveté, les concessions de leurs aînés. Le plus agaçant est que, cramponnés à des opinions fragmentaires qu'ils reçurent du hasard, ils s'indignent contre celui qui tient d'égale valeur ce qu'ils méprisent et ce qu'ils exaltent, comme si toutes attitudes n'étaient pas également insignifiantes et justifiées.

... Dans le monde, à ce début de l'été, plus de réceptions tapageuses. Aux salons reposés et frais, quinze à vingt personnes se succèdent doucement, qui approuvent quelque chose en prenant une tasse de thé. Que n'allait-il s'y délasser? On rencontre dans la société, à défaut d'affection,

des gens affectueux et bien élevés. Les impressions qu'on y échange, prévues, un peu trop
lucides, du moins n'éveillent jamais ce malaise
que nous fait la verve heurtée des jeunes gens.
« Peu répandu, je sais mal, avouait-il, l'intrigue
de ces banquiers, fonctionnaires, politiciens et
mondaines; je ne distingue guère leurs petitesses, et, dans un milieu de bon ton, je tiens
volontiers galant homme tout causeur bienveil-
lant et bref. » — Hélas ! sa douloureuse sensibilité lui fermait ces élégants loisirs. Il le con-
fessait avec clairvoyance : « Je n'ai pas souvenir
d'une connaissance de salon, la plus frivole et
furtive, qui ne m'ait mortifié dès l'abord par
quelque parole, insignifiante mais où je savais
trouver, malgré que je me tinsse, de la peine et
de l'irritation. J'excepte deux ou trois femmes,
qui me distinguèrent avec un goût charmant, et
leur accueil m'eût transporté, si l'impuissance de
paraître en une seule minute tout ce que je puis
être n'avait alors gâté mon naïf épanouissement
et si profondément qu'aujourd'hui encore, dans
mes instants de fatuité, la soudaine évocation de

ces circonstances me resserre. » Imagination
pénible qu'à part soi il comparait à la vanité
pointilleuse des campagnards, mais enfoncée si
avant dans sa chair qu'il pouvait la cacher mais
non point ne pas en souffrir.

... Une troisième distraction s'offrait : la musique. Amie puissante, elle met l'abondance
dans l'âme, et sur la plus sèche, comme une humidité de floraison. Avec quelle ardeur, lui, mé-
content honteux, pendant les noires journées
d'hiver, n'aspirait-il pas cette vie sentimentale
des sons, où les tristesses même palpitent d'une
si large noblesse! La musique ne lui faisait rien
oublier; il n'eût pas accepté cette diminution :
elle haussait jusqu'au romantisme le ton de ses
ses pensées familières. Pour quelques minutes,
parmi les nuages d'harmonie, le front touché
d'orgueil comme aux meilleures ivresses du tra-
vail nocturne, il se convainquait d'avoir été *élu*
pour des infortunes spéciales. — Mais dans cette
molle soirée de tiédeur il répugnait à toute
secousse. « Je me garderai, quand mon humeur

sommeille, de lui donner les violons; leur puis-
sance trop implorée décroît, et leur vertu ne saurait être mise en réserve qui se subtilise avec le
soupir expirant de l'archet. »

Il alla simplement se promener au parc Mon-
ceau.

Quoique le soir elle sente un peu le marécage,
il aimait cette nursery. Là, solitaire et les mains
dans ses poches, il se permettait d'abandonner
l'air gaillard et sûr de soi, uniforme du boulevard. Tant était douce sa philosophie, il estimait que choquer les mœurs de la majorité ne
fut jamais spirituel. « Les gens m'épouvantent,
ajoutait-il, mais à la veille d'un dimanche où je
pourrai m'enfermer tout le jour, j'ai pour l'humanité mille indulgences. Mes méchancetés ne
sont que des crises, des excès de coudoiement.
Je suis, parmi tous mes agrès admirables et parfaits, un capitaine sur son vaisseau qui fuit la
vague et s'enorgueillit uniquement de flotter...
Oh! je me fais des objections : petites phrases
de Michelet si pénétrantes, brûlantes du culte

des groupes humains! amis, belles âmes, qui
me communiquez au dessert votre sentiment de
la responsabilité! moi-même j'ai senti une énergie de vie, un souffle qui venait du large, le soir,
sur le mail, quand les militaires soufflaient dans
leurs trompettes retentissantes. — Ce n'est donc
pas que je m'admire tout d'une pièce, mais je
me plais infiniment. »

Dans son épaule, une névralgie lancina soudain, qui le guérit sans plus de sa déplaisante
fatuité. Humant l'humidité, il se hâta de fuir.
Puis reprenant avec pondération sa politique :
    « La réflexion et l'usage m'engagent à ense-
velir au fond de mon âme ma vision particulière
du monde. La gardant immaculée, précise et
consolante pour moi à toute heure, je pourrai,
puisqu'il le faut, supporter la bienveillance, la
sottise, tant de vulgarités des gens. — Je
saurai que je ne m'avilis pas, alors même que
moi et mes camarades, jeunes politiciens, nous
plairons, par quelles approbations! dans les cou-
loirs du Palais-Bourbon. Et si l'on agrandit le

jeu, j'imagine qu'on trouvera, dans cette souplesse à se garder en même temps qu'on paraît
se donner, un plaisir aigu de mépris. Équilibre
pourtant difficile à tenir! L'homme intérieur,
celui qui possède une vision personnelle du
monde, parfois s'échappe à soi-même, bouscule
qui l'entoure et se révélant annule des mois merveilleux de prudence; s'il se plie sans éclat à
servir l'univers vulgaire, s'il fraternise et s'il
ravale ses dégoûts, je vois l'amertume, amassée
dans son âme, qui le pénètre, l'aigrit, l'empoi-
sonne. Ah! ces faces bilieuses, et ces lèvres
séchées, avec bientôt des coliques hépatiques!

Il s'arrêta dans son raisonnement, un peu
inquiet de voir qu'une fois encore, ayant posé la
vérité (qui est de respecter la majorité), les raisonnements se dérobaient, le laissant en contradic-
tion avec soi-même. Toujours atteindre au vide!
Il reprit opiniâtrement par un autre côté sa
rhapsodie :

Avec quoi me consoler de tout ce que j'in-

vente de tourner en dégoût? (Et cette petite
formule, déplaisante, trop maigre, désolait sa
vie depuis des mois.)

Un jour viendra où ce système, d'après lequel
je plie ma conduite, me déplaira. Aux heures
vagues de la journée, souvent, par une fente
brusque sur l'avenir, j'entrevois le désespoir qui
alors me tournera contre moi-même, alors qu'il
sera trop tard.

C'est pitié que dans ce quartier désert je sois
seul et indécis à remuer mes vieilles humeurs, que
fait et défait le hasard des températures. Et ce
soir, avec ce perpétuel resserrement de l'épigastre
et cette insupportable angoisse d'attendre toujours quelque chose et de sentir les nerfs qui se
montent et seront bientôt les maîtres, ressemble
à tous mes soirs, sans trêve agités comme les
minutes qui précèdent un rendez-vous.

Ceux de mon âge, *éversores*, des ravageurs,
dit Saint-Augustin, ont une jactance dont je
suis triste; ils sont sanguins et spontanés; ils
doivent s'amuser beaucoup, car ils se donnent en
s'abordant de grands coups sur les épaules et

souvent même sur le plat du ventre, avec enthousiasme. Moi qui répugne à ces pétulances
et à leurs gourmes, plus tard, impotent, assis
devant mes livres, ne souffrirai-je pas de m'être
éloigné des ivresses où des jeunes femmes, avec
des fleurs, des parfums violents et des corsages
délicats, sont gaies puis se déshabillent. Et voilà
mon moindre regret près tant de succès propo-
sés, autorité, fortune, qu'irrévocablement je
refuse. Refusés ! qui le croira. Où m'arrêterais-je
si je me décidais à vouloir ?... Hélas ! quelque vie
que je mène, toujours je me tourmenterai d'une
âcreté mécontente, pour n'avoir pu mener parallè-
lement les contemplations du moine, les expériences du cosmopolite, la spéculation du boursier
et tant de vies dont j'aurais su agrandir les délices.

Cependant par de rapides frottements il
échauffait son rhumatisme, et il circulait dans ce
pâté de maisons mornes, rue de Clichy, square
Vintimille, rue Blanche parmi lesquelles il res-
sentait alors un singulier mélange de dégoût et
de timidité, jusqu'à ne pouvoir prononcer leurs

noms sans malaise, car il y avait récemment
habité. Et le souvenir des espoirs, des échecs,
des angoisses, tant de dégoûts subis des barbares! précisant sa pensée, il tente, une fois
encore, de reconnaître sa position dans la vision
commune de l'univers :

A certains jours, se disait-il, je suis capable
d'installer et avec passion les plans les plus ingénieux, imaginations commerciales, succès mon-
dains, voie intellectuelle, enviable dandysme,
tout au net, avec les devis et les adresses dans
mes cartons. Mais aussitôt par les barbares sen-
suels et vulgaires sous l'œil de qui je vague, je
serai contrôlé, estimé, coté, toisé, apprécié enfin ;
ils m'admonesteront, reformeront, redresseront,
puis ils daigneront m'autoriser à tenter la fortune ; et je serai exploité, humilié, vexé à en
être étonné moi-même, jusqu'à ce qu'enfin, excédé
de cet abaissement et de me renier toujours, je
m'en revienne à ma solitude, de plus en plus
resserré, fané, froid, subtil, aride et de moins
en moins loquace avec mon âme.

Oui, c'est trop tard pour renoncer d'être l'abstraction qu'on me voit. Je fus trop acharné à vérifier de quoi était faite mon ardeur. Pour m'éprouver, je me touchai avec ingéniosité de mille traits aigus d'analyse jusque dans les fibres les plus délicates de ma pensée. Mon âme en est toute déchirée. Je fatigue à la réparer. Mes curiosités, jadis si vives et agréables à voir : tristesse et dérision. Et voilà bien la guitare démodée de celui qui ne fut jamais qu'un enfant de promesse ! Tristesse, tu n'intéresses plus aujourd'hui que des fabricants de pilules, qui te vaincront par la chimie. Dérision ! m'étant mangé la tête comme un œuf frais il ne reste plus que la coquille ; juste l'épaisseur pour que je sourie encore.

Mon sourire a perdu sa fatuité. Je pensais me suffire à moi-même, et j'ai perdu pied dans l'indéfini à me hasarder hors la géographie morale. La tâche n'était pas impossible. J'ai trop voulu me subtiliser. Fouillé, aminci je me refuse désormais à de nouvelles expériences.

Je ne sais plus que me répéter ; mes dégoûts même n'ont plus de verve : simples souvenirs mis

en ordre! Chemins d'anémie, misères du passé,
je vous vois mesquins du haut de la loi que
j'ébauchai, ridicules avec les yeux du vulgaire.

Ce que j'appelais mes pensées sont en moi
de petits cailloux, ternes et secs, qui bruissent et
m'étouffent et me blessent.

Je voudrais pleurer, être bercé; je voudrais
désirer pleurer. Le vœu que je découvre en moi
est d'un ami, avec qui m'isoler et me plaindre, et
tel que je ne le prendrais pas en grippe.

J'aurais passé ma journée tant bien que mal
sous les besognes. Le soir, tous soirs, sans appareil j'irais à lui. Dans la cellule de notre amitié
fermée au monde, il me devinerait; et jamais sa
curiosité ou son indifférence ne me feraient tressaillir. Je serais sincère; lui affectueux et grave.
Il serait plus qu'un confident: un confesseur. Je
lui trouverais de l'autorité, ce serait « mon ainé »;
et, pour tout dire, il serait à mes côtés moi-même
plus vieux. Telle sensation dont vous souffrez,
me dirait-il, est rare même chez vous; telle autre
que vous prêtez au monde, vous est une vision

spéciale; analysez mieux. Nous suivrions ensemble du doigt la courbe de mes agitations;
vous êtes au pire, dirait-il; l'aube demain vous
calmera. Et si mon cerveau trop sillonné par le
mal se refusait à comprendre, et, cette supposi-
tion est plus triste encore, si je méprisais la vérité
par orgueil de malade, lui, sans méchantes paroles modifierait son traitement. Car il serait
moins un moraliste qu'un complice clairvoyant
de mon âcreté. Il m'admirerait pour des raisons
qu'il saurait me faire partager; c'est quand la
fierté me manque qu'il faut violemment me se-
courir et me mettre un dieu dans les bras, pour
que du moins le prétexte de ma lassitude soit
noble. Dans mes détestables lucidités et expan-
sions, il saurait me donner l'ironie pour que je ne
sois pas tout nu devant les hommes. La sécheresse, cette reine écrasante et désolée qui s'as-
sied sur le cœur des fanatiques qui ont abusé de
la vie intérieure, il la chasserait. A moi qui
tentai de transfigurer mon âme en absolu, il
redonnerait peut-être l'ardeur si bonne vers l'absolu. Ah! quelque chose à désirer, à regretter,

11.

à pleurer! pour que je n'aie pas la gorge sèche, la tête vide et les yeux flottants, au milieu des militaires, des curés, des ingénieurs, des demoiselles et des collectionneurs.

Marcher dans les rues, céder le trottoir, heurter celui-ci et respecter son propre rhumatisme secoue et coupe les idées. Au milieu de son émotion, ce jeune homme se mit tout à coup à rêver de la vie qu'il s'installerait, s'il parvenait à supporter le contact des barbares.

Je serais, pour qu'on ne m'écrase pas, bon, aimable, rare et sans y paraître très circonspect.

Puis j'aurais un bon cuisinier pour lestement me préparer des mets légers et qui, dans une office fraîche, où j'irais près de lui parfois m'instruire en buvant un verre de quinquina, se distrairait le long du jour à feuilleter des traités d'hygiène.

J'aurais encore quelque voiture, luisante et douce et de lignes nettes, pour visiter commodément certaines curiosités du vieux Paris, où il faut apporter le guide Joanne, gros format.

Chaque année, de rapides voyages de trente
jours me mèneraient à Venise pour ennoblir
mon type, à Dresde pour rêver devant ses pein-
tures et ses musiques, au Vatican et à Berlin
pour que leurs antiques précisent mes rêves.
Enfin, à tous instants, je monterais en wagon ;
c'est le temps de dormir, et je me réveille, loin
de tous, grelottant dans la brise, en face du
va-et-vient admirable de l'héroïque océan breton,
mâle et paternel.

Rentré chez lui, il calcula sur papier le revenu
nécessaire à ce train de vie et les besognes qu'il
lui en coûterait. Puis il sourit de cet enfantillage
— qui pourtant ne laissa pas de l'impres-
sionner.

Ensuite accablé, il ne trouva plus la moindre
réflexion à faire... ô maître qui guérirait de la
sécheresse.

C'est ce soir-là que décidément incapable de
s'échauffer sans un bouleversement de son uni-

vers intérieur, toujours possible mais que depuis des mois il espérait en vain, timide et affaissé devant l'avenir, tourmenté d'insomnies, il eut le goût de se souvenir, de répéter les émotions, les visions du monde dont jadis il s'était si violemment échauffé. Il lui souriait de se caresser et de se plaindre dans cette monographie, aux heures que lui laissaient libres son patron et les solliciteurs de ce député sous-secrétaire d'État.

Il ne s'efforça nullement de combiner, de prouver, ni que ses tableaux fussent agréables. Il copiait strictement, sans ampleur ni habileté, les divers rêves demeurés empreints sur sa mémoire depuis cinq ans. Seulement à cette heure de stérilité, il s'étonnait parfois de retrouver dans son souvenir certains accès de tendresse ou de haine. Est-il possible que j'aie déclamé! J'espérais cela! O naïveté! Il rougissait. Et malgré sa sincérité, çà et là vous devinerez peut-être qu'il a mis la sourdine, par respect pour le lecteur et pour soi-même.

Souvent, très souvent, fatigué, perdu dans cette casuistique monotone, touché du soupçon

qu'il n'avait connu que des enfantillages, plus
effrayé encore à l'idée de recommencer une
vraie vie sérieuse, ferme, utile, il s'interrompait :

O maître, maître, où es-tu, que je voudrais
aimer, servir, en qui je me remets !

O maître,

Je me rappelle qu'à dix ans, quand je pleurais contre le poteau de gauche, sous le hangar au fond de la cour des petits, et que les cuistres, en me bourraudant, m'affirmaient que j'étais ridicule, je m'interrogeais avec angoisse ! « Plus tard, quand je serai une grande personne, est-ce que je rougirai de ce que je suis aujourd'hui ? » — Je ne sais rien que j'aime autant et qui me touche plus que ce gamin, trop sensible et trop raisonneur, qui m'implorait ainsi, il y a quinze ans. Petit garçon, tu n'avais pas tort de mépriser les cuistres, dispensateurs d'éloge et ordonnateurs de la vie, de qui tu dépendais ; tu montrais du

goût de te plaire, de fois à autre, par les temps
humides, à pleurer dans un coin plutôt que de
jouer avec ceux que tu n'avais pas choisis. Crois
bien que les soucis et les prétentions des grandes
personnes ont continué à m'être souverainement
indifférents. Aujourd'hui comme alors, je sens
en elles l'ennemi; près d'elles je retrouve le
dédain et la timidité que t'inspirait la médiocrité
de tes maîtres.

Rien de mes émotions de jadis ne me paraîtrait léger aujourd'hui. J'ai les mêmes nerfs;
seul mon raisonnement s'est fortifié, et il m'enseigne que j'avais tort, quand tous m'ayant blessé
je disais en moi-même : « Ils verront bien, un
jour. » Chaque année, à chaque semaine presque, j'ai pu répéter : « Ils verront bien », ce mot
des enfants sans défense qu'on humilie. Mais je
n'ai plus le désir ni la volonté de manifester
rien qui soit digne de moi. L'effort égoïste et

âpre m'a stérilisé. Il faut, mon maître, que tu
me secoures.

Je n'ai plus d'énergie, mais compte qu'à la
sensibilité violente d'un enfant je joins une clairvoyance dès longtemps avertie. Et je te dis cela
pour que tu le comprennes, ce n'est pas de conseils mais de force et de fécondité spirituelle que
j'ai besoin.

Je sais que ce fut mon tort et le commence-
ment de mon impuissance de laisser vaguer mon
intelligence, comme une petite bête qui flaire et
vagabonde. Ainsi je souffris dans ma tendresse,
ayant jeté mon sentiment à celle qui passait
sans que ma psychologie l'eût élue. Le secret des
forts est de se contraindre sans répit.

Je sais aussi, — puisque le décor où je vis
m'est attristé par mille souvenirs, par des sen-
sations confuses incarnées dans les tables du
boulevard, dans les souillures de ce tapis d'es-

calier, dans l'odeur fade de ce fiacre roulant, —
je sais des endroits intacts où veillent mille
chefs-d'œuvre, et quoique j'aie toujours éprouvé
que les choses très belles me remplissaient d'une
âcre mélancolie par le retour qu'elles m'imposent
sur ma petitesse, je pense qu'une syllabe dite
doucement les passionnerait.

Je sais, mais qui me donnera la grâce ? qui
fera que je veuille ! O maître, dissipe la torpeur
douloureuse, pour que je me livre avec confiance
à la seule recherche de mon absolu.

Cette légende alexandrine qui m'engendra
autrefois à la vie personnelle, m'enseigne que
mon âme, étant remontée dans sa tour d'ivoire
qu'assiègent les barbares, sous l'assaut de tant
d'influences vulgaires se transformera. Pour se
tourner vers quel avenir ?

Tout ce récit n'est que l'instant où le pro-
blème de la vie se présente à moi avec une grande

clarté. Puisqu'on a dit qu'il ne faut pas aimer en paroles mais en œuvres, après l'élan de l'âme, après la tendresse du cœur, le véritable amour serait d'agir.

Toi seul, ô mon maître, m'ayant fortifié dans cette agitation souvent douloureuse d'où je t'implore, tu saurais m'en entretenir le bienfait, et je te supplie que par une suprême tutelle, tu me choisisses le sentier où s'accomplira ma destinée.

Toi seul, ô maître, si tu existes quelque part, axiome, religion ou prince des hommes.

TABLE

TABLE

LIVRE II

A PARIS

BIBLIOTHÈQUE NATIONALE · R F

Achevé d'imprimer

le vingt-six janvier mil huit cent quatre-vingt-huit

PAR

ALPHONSE LEMERRE

(Th. Bret, *conducteur*)

25, RUE DES GRANDS-AUGUSTINS

PARIS

BIBLIOTHÈQUE CONTEMPORAINE

Paris. — Imprimerie A. Lemerre, 25, rue des Grands-Augustins.

MAURICE BARRÈS

SOUS L'ŒIL
DES
BARBARES

1888

www.ingramcontent.com/pod-product-compliance
Lightning Source LLC
Chambersburg PA
CBHW061449030726
47503CB00005B/1632